剣客春秋親子草

母子《おやこ》剣法《けんぽう》

鳥羽 亮

幻冬舎時代小説文庫

剣客春秋親子草

母子剣法《おやこけんぽう》

【主な登場人物】

千坂彦四郎《ちさかひこしろう》——一刀流《いっとうりゅう》千坂道場の道場主。
若い頃は放蕩《ほうとう》息子であったが、千坂藤兵衛と出逢い、剣の道を歩む。
藤兵衛の愛娘《まなむすめ》・里美と世帯をもち、千坂道場を受け継ぐ。

里美《さとみ》——父・藤兵衛に憧れ、幼いころから剣術に励み、「千坂道場の女剣士」
と呼ばれた。彦四郎と結ばれ、一女の母となる。

千坂藤兵衛《とうべえ》——千坂道場の創始者にして一刀流の達人。
早くに妻を亡くし、父娘の二人暮らしを続けていたが、縁あって彦四
郎の実母・由江と夫婦《めおと》となる。

由江《よしえ》——料亭「華村《はなむら》」の女将《おかみ》。
北町奉行と理無《わりな》い仲となり、彦四郎をもうける。

目次

第一章　道場破り　7
第二章　鬼斎流　59
第三章　食客　109
第四章　襲撃　155
第五章　若君指南　212
第六章　雷落し　263

第一章　道場破り

1

ヤッ！　ヤッ！

道場内に、女児《おんなのこ》の気合がひびいた。

お花《はな》は大人のように短袴《たんばかま》の股《もも》だちを取り、懸命に木刀を振っていた。手にしているのは、父親の千坂彦四郎《ちさかひこしろう》が、お花のために作ってやった二尺ほどに短くした木刀である。

お花は七歳（数え歳）。まだ、頭頂の芥子坊《けしぼう》を銀杏髷《いちょうまげ》に結う年頃だが、お花は無造作に伸ばした髪を後ろで束ねているだけである。それでも、色白のふっくらした頰《ほお》や黒眸《くろめ》がちの目は可愛かった。その色白の顔が朱を刷《は》いたように赤らみ、額にうっすらと汗が浮いている。

そこは、神田《かんだ》豊島町《としまちよう》にある一刀流中西派の千坂《ちさか》道場だった。四ツ（午前十時）ごろである。道場内には、お花の他に母親の里美《さとみ》と彦四郎がいた。それに、居残りで稽古《けいこ》した門弟が三、四人、道場のつづきにある着替えの間にいるはずである。

里美も、木刀を手にしていた。いっとき前まで、お花といっしょに木刀の素振りをしていたのだ。

里美は刺子《さしこ》の筒袖《つつそで》に股だちをとった黒袴、剣術の稽古着姿である。髪は後ろで束ねて玉結びにしていた。

里美は武家の妻のように眉《まゆ》を剃ったり、鉄漿《かね》をつけたりしなかった。男のような勇ましい恰好《かっこう》だが、顔は色白で形のいい花弁のような唇をしていたし、胸や腰には女らしい膨らみもあった。里美は二十代半ばだった。稽古着姿に身をつつんでも、若妻らしい色香が残っている。

道場主の娘に育った里美は、子供のころから道場を遊び場にして男たちといっしょに剣術の稽古をつづけてきた。やがて、思いを寄せた彦四郎の妻になり、お花が生まれると剣術から離れ、子育てに専念するようになった。

ところが、ちかごろお花に手がかからなくなったせいか、里美はお花といっしょに道場に立つようになったのである。

「花、茶巾《ちゃきん》を絞るようにな」

彦四郎が、お花に声をかけた。手の内を絞ることで太刀筋《たちすじ》がまっすぐになり、振り下ろしたところで木刀をとめられるようになる。

彦四郎は、三十がらみだった。里美といっしょになったころは、役者にしてもいいような男前だったが、優男《やさおとこ》で頼りないところがあった。ところが、剣術の修行をつづけてきたせいか、道場主らしい威厳と剣の遣い手らしい威風がそなわってきた。それに、お花のよき父親でもある。

「はい！」

お花は、ヤッ、ヤッ、と気合を発しながら木刀を振りつづけた。

着替えの間から、門弟の川田《かわた》清次郎《せいじろう》、若林《わかばやし》信次郎《しんじろう》、佐原《さはら》欽平《きんぺい》の三人が道場に出てきた。いずれも若い門弟で、御家人の子弟である。

三人は小袖に袴姿で、手に剣袋《けんぶくろ》を持っていた。剣袋のなかには、竹刀と木刀が入っているはずである。

「お師匠、これで帰らせていただきます」

三人のなかでは年嵩《としかさ》の川田が、彦四郎に声をかけて道場から戸口に出た。

そのとき、引き戸をあける音がし、戸口の方で人声がした。だれか、道場に入ってきたらしい。川田たちが、来訪者と話しているようだ。

すぐに、川田が道場に引き返してきた。

「お師匠、入門者のようです。それも、ふたり」

川田の声には、昂《たかぶ》った声のひびきがあった。門弟たちは、新しい門人に興味をもつ。若い門弟は、特にそうである。

「そうか。ここに、通してくれ」

彦四郎は、お花と里美に目をやり、「聞いた通りだ、稽古はこれまでにしてくれ」と声をかけた。

「はい」

お花は、すぐに木刀を下ろした。目が戸口にむけられている。お花も若い門弟と同じように、入門者に興味をもったようだ。

「花、母屋《おもや》に行きますよ」

里美が、お花をうながした。

家族の住む母屋は道場の裏手にあり、短い渡り廊下でつながっている。お花は里美に手を引かれ、廊下のある方にむかいながら、しきりに後ろを振り返った。

そのお花の姿が、師範座所の脇にある母屋につづく廊下に消えたとき、道場に男たちが入ってきた。道場を出たばかりの川田たち三人と、ふたりの武士だった。ふたりの武士は、羽織袴姿だった。鞘《さや》ごと抜いた大刀を、手にしている。歳はふたりとも、二十代半ばに見えた。御家人か江戸勤番の藩士といった恰好である。

彦四郎が師範座所を背にして道場の床に座ると、ふたりの武士が彦四郎の前に膝《ひざ》をおり、川田たち三人は、ふたりの武士からすこし間を取って後ろに腰を下ろした。

川田たちは殊勝な顔をして居並んでいる。

「川田たち、帰らなくていいのか」

彦四郎が声をかけた。

「はい、何か御用があるかもしれませんので残りました」

川田が言うと、他のふたりもうなずいた。

「そうか」

彦四郎は笑みを浮かべただけで、それ以上言わなかった。川田たちの魂胆は分かっていた。ふたりの入門者の名や身分を知りたいのである。

「千坂彦四郎だが、そこもとたちは？」

彦四郎がふたりに目をむけて訊《き》いた。

「出羽国《でわのくに》、島中藩《しまなかはん》、瀬川達之助《せがわたつのすけ》にございます」

大柄で、がっちりした体軀《たいく》の武士が名乗った。眉が濃く、眼光がするどい。剽悍《ひょうかん》そうな面構《つらがま》えである。

「それがしも島中藩士で、名は坂井順之助《さかいじゅんのすけ》にございます」

中背の武士が名乗った。面長《おもなが》で、目の細い男だった。

「それで、用件は？」

彦四郎は島中藩を知っていた。もっとも、島中藩は七万石で、藩主の名が木暮土佐守直親《こぐれとさのかみなおちか》ということぐらいである。

「門弟にしていただきたく、罷《まか》り越しました」

瀬川が言うと、

「われら両名は江戸詰《づめ》を命じられ、定府《じょうふ》するようになって一年になります。やっと江戸での暮らしが落ち着きましたので、一刀流を修行したいと思い、道場を探しておりました。そのようなおり、長く江戸詰をしていた者から、一刀流なら千坂先生の道場がよいと聞き、訪ねてまいった次第です」

坂井が話した。

「なぜ、一刀流を？」

江戸には一刀流の他に、神道無念流《しんとうむねんりゅう》、直心影流《じきしんかげりゅう》、鏡心明智流《きょうしんめいちりゅう》、心形刀流《しんぎょうとうりゅう》などの名の知れた大道場がいくつもあった。

「われら、国許《くにもと》にいるとき、一刀流の道場に通っておりましたが、修行の途中で道場を離れることになりました。国許を離れるときから、江戸での暮らしが落ち着いたら、一刀流を修行しなおしたいと思っていたのです」

坂井によると、島中藩の城下には、一刀流と鬼斎流《きさいりゅう》なる流派の道場があるという。鬼斎流は、寛永のころ鬼斎なる法師が廻国修行のおりに島中藩に立ち寄り、山岳の地に籠《こも》って修行して会得した流派といわれている。剣だけなく、槍《やり》、鎖鎌《くさりがま》、柔術などを指南する道場で、主に領内の郷士《ごうし》や一部の藩士の子弟などが通っているという。

「それで、住居《すまい》は？」

藩邸のある場所によっては、道場に通えないのではあるまいか。

「われらふたり、日本橋馬喰町《ばくろちょう》の借家に住んでおります」

坂井によると、借家は町宿だという。

町宿とは、藩邸内に入りきれなくなった江戸詰の藩士が、江戸市中の借家などに住むことである。

「近いな」

馬喰町なら、道場に通うのにも楽である。瀬川と坂井は道場に通うことも考えて、千坂道場を選んだのかもしれない。

「なにとぞ、われらふたりの入門、お許しいただきたい」

瀬川と坂井が、両手を床について頭を下げた。

「しばらく、通ってみるといい」

彦四郎は、ふたりの入門を拒むつもりはなかった。

「ありがとうございます」

ふたりが、声をそろえて言った。

彦四郎は川田たち三人に、

「ふたりに、道場のことを話してやってくれ」
と言い置いて、腰をあげた。

2

道場内に、気合、木刀を打ち合う音、床を踏む音などがひびいていた。門弟がふたりずつ三組に分かれ、一刀流の型稽古を行っていた。型稽古とは打太刀《うちだち》（指導者）と仕太刀《しだち》（学習者）に分かれ、型の決まった様々な一刀流の刀法を学ぶ稽古法である。

いま道場に立っている三人の打太刀は、師範代の永倉平八郎《ながくらへいはちろう》、高弟の三村寛兵衛《みむらかんべえ》と島津勝左衛門《しまづかつざえもん》だった。仕太刀は三人とも若い門弟だった。他の門弟たちは道場の片側に居並び、見取り稽古をしながら順番を待っている。

見取り稽古というのは、上級者の太刀捌《たちさば》きや間合の取り方などを目で見て学ぶことである。

一段高い師範座所には、彦四郎と千坂藤兵衛《とうべえ》の姿があった。藤兵衛は彦四郎の義父で千坂道場をひらき、長く道場主として門人たちの育成にあたってきた男である。還暦にちかい老齢であったが、一刀流の達人で、いまもその身辺には剣の達人らしい威風がただよっている。

藤兵衛は彦四郎に道場を継がせて隠居した後、道場から離れて暮らしていることもあり、稽古場に立つことはほとんどなくなったが、ときおり道場に姿を見せて、師範座所から門弟たちの稽古を眺めている。

「彦四郎、また門弟が増えたようだな」

藤兵衛が目を細めて言った。

道場内には、三十数人の門弟たちがいた。一年ほど前までは、二十人半ばの門弟で稽古をすることが多かったのだ。

「はい、このところ入門者が増えまして、一昨日も江戸詰の藩士がふたり、五日ほど前には御家人の次男がひとり、入門しました」

彦四郎は、藩士の瀬川と坂井、御家人の上田《うえだ》寛次郎《かんじろう》のことをかいつまんで話した。

「門弟が増えるのは、いいことだ。……稽古にも、活気が出る」

藤兵衛が目を細めて言った。

そのとき、「頼もう！」と道場の戸口で男の声がひびいた。だれか、道場に訪ねてきたらしい。

戸口近くにいた川田と木村助三郎《きむらすけさぶろう》が立ち、慌てた様子で戸口にむかった。

すぐに、川田と木村は道場内にもどり、道場の隅に居並んでいる門弟たちの後ろを通って、彦四郎の前に来た。

「お師匠、武士が三人、戸口に来ております」

川田が、顔をこわばらせて言った。

「何者だ？」

川田の顔色からみて、門弟志願者ではないようだ。

「わ、分かりません。一手、御指南を仰ぎたいと申しておりました」

「道場破りか！」

彦四郎の顔が、けわしくなった。

藤兵衛は無言だったが、穏やかそうな顔がひきしまり、双眸《そうぼう》に剣客らしい鋭いひかりが宿った。

「ど、どのようにいたせば……」

川田が声をつまらせて訊いた。

「義父上《ちちうえ》、どうしますか」

彦四郎が訊いた。

「追い返すわけには、いくまいな」

藤兵衛が、低い声で言った。

彦四郎はすぐに、師範座所から稽古場に下りて、師範代の永倉のそばに行って耳打ちした。

「稽古、やめ！」

永倉が、道場内にひびき渡る大声を上げた。


川田と木村につづいて、道場内に姿を見せたのは三人の武士だった。ふたりは羽織袴姿で、剣袋を手にしていた。ひとりは、六尺はあろうかという巨軀《きょく》で小袖に袴姿だった。大刀だけを提げている。戸口で、腰に差していた刀を手にしたのだろう。

道場内は、水を打ったように静かだった。道場の両側に居並んだ門弟たちは、息をつめて姿を見せた三人の武士を見つめている。

三人は道場のなかほどに立つと、師範座所を前にして腰を下ろした。

「名をうけたまわろうか」

彦四郎が、三人の真ん中に座った中背の武士を見つめて誰何《すいか》した。

面長で、頤《おとがい》が張っていた。三十がらみであろうか。首が太く、胸が厚かった。武芸の修行で鍛えた体らしい。黒ずんだ薄い唇をしていた。彦四郎にむけられた双眸が、猛禽《もうきん》のようにひかっている。

「重村長右衛門《しげむらおさえもん》でござる。一手、ご指南いただきたくまかりこしました」

重村が低い声で言った。

「流は？」

「決まった流はござらぬ。重村流と思っていただきたい」

つづいて、重村の左手に座した長身の武士が、

「それがしは、枝野権八郎《えだのごんはちろう》。……枝野流でござる」

と、口許に薄笑いを浮かべて言った。丸顔で、細い目をしている。

もうひとり、巨軀の男は無言だった。赭黒《あかぐろ》い顔で、ギョロリとした目、小鼻の張った大きな鼻をしていた。閻魔《えんま》を思わせるような厳《いか》つい顔である。

「そこもとの名は」

彦四郎が誰何した。

「大河内源十郎《おおこうちげんじゅうろう》。……無手勝流《むてかつりゅう》だ」

大河内が、胴間声で言った。

「無手勝流だと。……そこもとたちは、指南が所望だそうだが、当道場は他流試合を禁じている。重村流も無手勝流も他流であれば、立ち合うことはできぬ」

彦四郎は、胸の内の怒りを抑えて言った。

「それがしは、ご指南をいただきたいと申したはず。われらの望みは、立ち合いではござらぬ。稽古をつけていただければ、それで結構」

重村が嘯《うそぶ》くように言った。

「ならば、門弟たちといっしょに型稽古でもしていただこうか」

彦四郎が語気を強くして言った。

「型稽古は結構。……聞くところによると、御道場は試合稽古もしているそうではござらぬか。われらは、試合稽古を所望いたす」

「断ったら」

「稽古もつけてもらえず、道場から追い出された証《あかし》に、表の看板をいただいていくつもりだ」

重村の口許に薄笑いが浮いた。

「よかろう。そこもとたちと稽古をいたそう。……ただし、竹刀《しない》だぞ」

真剣はむろんのこと、木刀でも打ち場によっては、落命することがある。木刀で頭を強打すれば頭蓋《ずがい》が割れるし、喉《のど》を鋭く突けば頸骨《けいこつ》を砕くこともできる。

「承知した」

重村たち三人が、立ち上がった。

3

「三村寛兵衛でござる」

高弟の三村が名乗った。

「枝野権八郎——」

枝野もあらためて名乗り、三村と相対した。

ふたりは道場のなかほどで対峙《たいじ》した後、竹刀をむけあった。ふたりとも、面や胴の防具を着けている。枝野は、道場にあった防具を着用していた。ふだん、防具を着けて稽古しているらしく、ぎごちなさはなかった。

ふたりの間合は、およそ三間《けん》半――。防具を着けての間合としては、遠間《とおま》である。

三村は青眼《せいがん》に構えていた。竹刀の先が、枝野の喉元にピタリと付けられている。腰の据わった隙《すき》のない構えである。

対する枝野は八相《はっそう》だった。両肘《りようひじ》を高くとり、竹刀を大きく振り上げている。大きな構えだった。

検分役はいなかった。相手は道場破りである。試合というより、竹刀を遣っての闘いといってもいい。

ふたりは、いっとき青眼と八相に構え合っていたが、

オリャァッ！

突如、枝野が鋭い気合を発し、摺《す》り足で間合をつめてきた。

すると、三村は前後にすばやく動きながら、竹刀の先を小刻みに上下させた。牽《けん》制《せい》である。枝野の寄り身をとめようとしたのだ。

だが、枝野はさらに寄り身を速めた。一気に、ふたりの間合が狭まってくる。

枝野は一足一刀の間境に迫るや否や仕掛けた。

イヤアッ！

裂帛《れっぱく》の気合を発し、八相から袈裟《けさ》へ――。

竹刀が唸《うな》りを上げて、三村の面を襲う。

咄嗟《とっさ》に三村は竹刀を振り上げて、枝野の打ち込みを撥《は》ね上げた。

竹刀を打ち合う乾いた音がひびいた瞬間、三村の体がよろめいた。枝野の強い打ち込みに押されたのである。

「もらった！」

枝野が叫びざま、ふたたび面へ。

「籠手《こて》！」

咄嗟に、三村は体勢をくずしながらも突き込むように籠手へ打ち込んだ。

面と籠手――。

一瞬の攻防である。

バチッ、という竹刀で面鉄《めんがね》を打つ音がし、三村の面が後ろにかしいだ。ほぼ、同時に三村も籠手をとらえていたが、浅かった。体勢をくずしていたために、竹刀の伸びが足りなかったのである。

三村はよろめき、がくりと片膝を床についた。そこへ、枝野が踏み込んで、さらに面へ一撃みまおうとした。

「それまで！」

鋭い声をはなったのは、師範座所にいた藤兵衛だった。

「それまでじゃ。勝負あった」

さらに藤兵衛が言うと、三村は身を引き、

「次は、どなたかな」

枝野が、門弟たちを面鉄の間から見まわして声を上げた。

三村は這《は》うようにして道場の隅に逃れた。

道場内は静まり返り、門弟たちの目は道場のなかほどに立った枝野に釘付けになっている。

「おれだな」

師範代の永倉が立ち上がった。

永倉は陸奥国畠江藩《むつのくにはたえ》の江戸勤番の藩士で、町宿に住んでいる。三年ほど前から千坂道場に通っていた。国許にいるときから、一刀流を長く修行したこともあって、千坂道場のなかでは出色《しゅっしょく》の遣い手だった。彦四郎は永倉の腕を見込み、藤兵衛から道場を継いだとき、師範代を頼んだのである。

永倉は三十がらみ、偉丈夫《いじょうぶ》で肩幅がひろく、どっしりと腰が据わっていた。眉や髭《ひげ》が濃く、大きな鼻をしている。厳つい顔だが、よく動く丸い目が悪戯《いたずら》小僧を思わせ、どことなく愛嬌があった。その顔がひきしまり、枝野を睨《にら》んだ丸い目には、凄みさえあった。

「おぬしは」

枝野が訊いた。

「師範代、永倉平八郎」

「師範代のお出ましか。相手にとって、不足はないな」

枝野の口許から笑いが消えた。

ふたりは竹刀を手にし、三間半ほどの間合をとって対峙した。

ふたりとも、八相に構えた。両者とも大きな構えだが、永倉の方が勝っていた。

永倉は偉丈夫の上に、どっしりと腰が据わっていた。その構えには、巌《いわお》のような迫力があった。

いっとき、ふたりは対峙したまま気魄《きはく》で攻め合っていたが、

「いくぞ!」

と永倉が声を上げ、間合をつめ始めた。

枝野は動かなかった。いや、動けなかったらしい。永倉の巌のような構えに威圧されているのだ。

ふいに、永倉の寄り身がとまった。一足一刀の間境《まざかい》近くである。

イヤアッ!

突如、枝野が裂帛の気合を発した。気合で、永倉を威圧しようとしたのである。

だが、気合を発した瞬間、体が硬くなり、構えが揺れた。この一瞬の隙を、永倉がとらえた。

タアッ!

鋭い気合を発し、八相から袈裟に斬り下ろした。叩きつけるような打ち込みである。

間髪を入れず、枝野も打ち込んだ。八相から袈裟へ。

袈裟と袈裟——。

バチッ、という音とともにふたりの竹刀が、眼前で跳ね返った。

瞬間、枝野がよろめいた。一瞬、遅れたために体勢がくずれたのである。

すかさず、永倉が二の太刀を振るった。

振り上げざま袈裟へ。

パーン、という乾いた音が道場内にひびき、枝野の面が揺れた。枝野の面鉄を、永倉の竹刀がたたいたのである。

「ま、まいった！」

思わず、枝野が声を上げた。

4

「次はおれだな」

重村が声を上げた。

重村の顔はけわしかったが、全身に闘気が満ちていた。永倉にむけられた双眸が、猛禽のようにひかっている。

重村は面をかぶり、竹刀を手にすると、永倉の前に立った。

ふたりは、すこし遠間《とおま》にとった。四間ほどあろうか。対峙すると、永倉は八相に、重村は青眼に構えた。

……遣い手だ！

と、永倉は察知した。

重村の青眼は隙のない腰の据わった構えで、竹刀の先が永倉の目線にピタリと付けられていた。しかも、すこしの揺れもなく、竹刀の先がそのまま永倉の目に迫ってくるような威圧感があった。

だが、永倉は臆さなかった。大きな八相に構えたまま全身に気勢を込め、斬撃《ざんげき》の気配を見せた。気攻めである。重村も気魄で攻めてきた。ふたりとも気合も発せず、竹刀の動きで牽制もしなかった。

道場内から咳《しわぶき》ひとつ聞こえなかった。息を詰めて、ふたりを見つめている。時のとまったような静寂と痺《しび》れるような緊張のなかで、気の攻防だけがつづいている。

ふいに、重村が動いた。

つつつッ、と足裏を擦《こす》るようにして間合をつめてきた。

一気にふたりの間合が狭まった。

重村が一足一刀の間境に迫るや否や、ふたりの全身に斬撃の気がはしった。

イャアッ！

タアッ！

ほぼ同時に、ふたりの鋭い気合が静寂を劈《つんざ》き、ふたりの体が躍った。

永倉が八相から袈裟へ——。

重村が、突き込むように籠手へ打ち込んだ。

バシッ、と竹刀でたたくふたつの音が重なってひびいた。永倉の竹刀が重村の左肩を、重村の竹刀が永倉の右の前腕を強打したのだ。

次の瞬間、重村がよろめき、永倉の竹刀がダラリと垂れた。永倉の右手が柄《つか》から離れ、左手だけで竹刀を握っている。

ふたりは大きく間合をとり、ふたたび八相と青眼に構え合った。

だが、ふたりとも竹刀が激しく震え、構えがくずれていた。重村が肩を、永倉が右腕を強打されたために、体に力が入って震えているのだ。

「相打ちだ。双方とも、引け!」

藤兵衛が師範座所から声をかけた。

永倉と重村が身を引くと、静まり返っていた道場内がざわついた。あちこちで、門弟たちの私語が聞こえた。

「おれの番だな」

大河内が腰を上げた。

籠手と胴は着けていたが、面をかぶっていなかった。赭黒い顔がさらに紅潮し、怒張しているように見えた。双眸が、猛虎《もうこ》のように炯々《けいけい》とひかっている。

「おれが、相手だ」

彦四郎が立ち上がった。

「待て!」

と、藤兵衛が声をかけた。

「道場主は、最後だ。負けたら後がない。……わしが、相手になろう」

藤兵衛は立ち上がって師範座所から道場に出ると、近くにいた門弟に防具を持ってくるよう指示した。

　そして、藤兵衛は道場の脇の板壁にある竹刀掛けから、竹刀を一本手にしてもどってきた。

「ご老体、名は」

　大河内が訊いた。

「千坂藤兵衛」

「道場主だった、千坂か」

　大河内は、藤兵衛のことを知っているようだ。

「むかしのことだ」

　藤兵衛が静かな声で言った。

　藤兵衛は落ち着いていた。高揚もなく、ふだんとまったく変わりがない。

「ご老体と、竹刀などで打ち合ってもおもしろくない。真剣でやらぬか」

　大河内が、藤兵衛を見すえて言った。

「真剣だと」

「真剣でなければ、腕のほどは分かるまい」

大河内の声に嘯《うそぶ》くようなひびきがあった。

「断る」

藤兵衛がはっきりと言った。

「怖《お》じ気付《け》いたか」

「そうではない。ここは、稽古の場でな。真剣勝負の場ではない。……おぬしたちも言ったではないか。試合稽古が望みで、稽古をつけてもらえればそれでよいとな」

「うむ……」

大河内は不満そうな顔をしたが、何も言わなかった。

そこへ、藤兵衛の防具を取りにいった門弟が、もどってきた。藤兵衛は防具を受け取ると、

「おぬしが、面を嫌うなら、面なしでもいいぞ」

と、口許に笑みを浮かべて言った。

大河内は道場のなかほどに立っていたが、

「ご老体、勝負はあずけよう」

と、藤兵衛を睨むように見すえて言った。

「あずけるとは？」

藤兵衛は防具を手にしたまま怪訝《けげん》な顔をした。

「いずれ、真剣で勝負をつける」

「わしは、おぬしと真剣勝負などする気はないぞ」

「おぬしがなくとも、おれにはある」

そう言い残し、大河内は重村たちのいる場所にもどると、急いで籠手と胴を取った。

「今日のところは、引き上げる」

大河内は、重村と枝野に言って腰を上げた。

「いずれ、千坂道場は、おれたちの手でつぶす」

と捨て台詞《ぜりふ》を残し、大河内たち三人は足早に道場から出ていった。

門弟たちは、呆気《あつけ》に取られたような顔をして大河内たちを見ていたが、その姿が道場から消えると、すぐに歓声と三人に対する罵声《ばせい》が起こり、道場内は騒然となった。若い門弟のなかには戸口まで出ていって、三人に罵声を浴びせる者もいた。

5

大河内たち三人が、道場破りにきた五日後だった。

千坂道場の稽古を終えた川田、若林、佐原の三人は、道場の前の路地を神田川の方へむかった。三人とも、家が御徒町《おかちまち》にあったので、神田川にかかる新《あたら》シ橋を渡って外神田に出るつもりだった。

七ツ半（午後五時）を過ぎていた。千坂道場の稽古は、午前が五ツ（午前八時）から四ツ半（午前十一時）まで、午後は八ツ半（午後三時）から一刻（二時間）ほどになっていた。ただ、午後の稽古は参加も時間も門弟たちにまかされ、道場をあけておくので、勝手に稽古してもよいという程度のものである。

川田たち三人は午後の稽古を終えて、それぞれの家に帰るところだった。

まだ、暮れ六ツ（午後六時）までには間があったが、空が厚い雲で覆われているせいもあって、路地は夕暮れ時のように薄暗かった。

川田たちは、豊島町の町筋を抜けて柳原通りに出た。柳原通りは、神田川沿いに浅草御門の辺りから筋違御門《すじかいごもん》の辺りまでつづいている。八代将軍吉宗のころ、川の土手沿いに柳が植えられたことから、柳原通りと呼ばれるようになったとか。

柳原通りは、人通りがあった。ぼてふり、大工、職人、町娘、供連《ともづ》れの武士、風呂敷包みを背負った行商人……。さまざまな身分の人々が、迫り来る夕闇に急《せ》かされるように足早に行き交っている。

通り沿いには、古着を売る床店《とこみせ》が並んでいた。柳原通りは、古着屋の床店が多いことでも知られていた。辺りが薄暗くなってきたせいか、古着屋にたかっている客の姿はあまり見られず、店仕舞《みせじま》いを始めた床店もある。

川田たち三人は柳原通りを経て、新シ橋を渡り始めた。そのとき、若林が背後を振り返りながら、

「後ろから来るふたりの武士を見てみろ」

と、声をひそめて言った。

ふたりは、すぐに振り返った。三十間ほど後ろから、ふたりの武士が歩いてくる。小袖にたっつけ袴姿で網代笠《あじろがさ》をかぶり、二刀を帯びていた。

「ふたりが、どうしたのだ」

川田が訊いた。

「道場を出たときから、ずっと尾《つ》けているのだ」

「おれも、柳原通りに入ったときに見たぞ」

佐原が、声をひそめて言い添えた。

「何者だ」

「分からない」

「たまたま後ろを歩いているだけかもしれないぞ」

三人は、そんなやり取りをしながら小走りに橋を渡った。外神田の川沿いの道に出ると、筋違御門の方に足をむけた。川沿いの道は、人影がすくなかった。商いを終えて、表戸をしめた店も目につく。

三人が橋のたもとから一町ほど歩いたときだった。川岸に植えられた柳の樹陰から、武士がひとり出てきた。六尺はあろうかという巨軀である。

「あ、あの男、道場破りだ！」

佐原が声をつまらせて言った。

「後ろのふたりは！」

川田が背後を振り返った。

ふたりの武士が、小走りに近付いてくる。顔は見えなかったが、長身と中背の体軀に見覚えがあった。道場破りにきた重村と枝野である。

「お、おれたちを襲う気だ！」

若林の顔が、恐怖でひき攣《つ》った。

「ど、どうする」

佐原が、声を震わせて年嵩の川田に訊いた。

そうしている間にも、背後から重村と枝野、前から大河内が迫ってくる。

「道場へ、もどるんだ！」

川田たち三人では、太刀打ちできなかった。それぞれの家までは、まだ遠い。家まで逃げたとしても、大河内たちには敵《かな》う者はいないだろう。川田は、千坂道場へもどるしかないと思った。

「す、すぐ後ろにいる！」

若林がうわずった声で言った。

「逃げるしかない。走れ！」

叫びざま、川田が反転して逆方向に走りだした。

佐原と若林がつづく。

後ろから尾けてきた重村と枝野が、驚いたように棒立ちになった。いきなり、川田たちが駆け寄ってきたからだろう。

「やつら逃げる気だ！」

枝野が叫んだ。

川田たち三人の足は速かった。全速力で走っている。三人の背後から、大河内が駆けてきた。巨軀のせいもあるのか、それほど足は速くなかった。川田たちとの間は、見る間にひろがってくる。

「斬れ！」

重村が抜刀した。

ギラリ、と刀身が淡い夕闇のなかにひかった。つづいて、枝野も抜いた。

「足をとめるな。走れ！」

川田は叫び、走りざま抜刀した。

川田たちと重村たちとの間が、一気に狭まった。

「脇から、逃げろ！」

川田は若林と佐原に声をかけると、
イヤアアッ！

絶叫とも気合ともつかぬ声を上げ、重村にむかって突進した。

一方、若林と佐原は、川岸寄りに方向を変えて走った。重村と枝野から離れた場所を通って逃げようとしたのだ。

重村は川田に体をむけて、八相に構えた。

川田は足をとめず、一気に重村に走り寄ると、絶叫を上げながら斬り込んだ。間合の読みも牽制もなかった。

いきなり、八相から袈裟へ——。その切っ先は重村から一尺ほども離れ、空を切って流れた。

川田は足をとめず、そのまま重村の脇を走り抜けようとした。

瞬間、重村は右手に体《たい》をひらきざま、刀を横一文字に一閃《いっせん》させた。一瞬の太刀捌きである。

バサッ、と川田の左袖が横に裂け、あらわになった左の二の腕から血が噴いた。

かまわず川田は走りぬけざま、手にした刀を重村に投げつけた。

一瞬、重村は動きをとめたが、すばやい反応で刀身を撥ね上げた。甲高い金属音がひびき、川田の刀が路上に落ちた。

この隙に、川田は重村の脇を走りぬけた。

「待て！」

重村が川田の後を追った。

だが、足は若い川田の方が速かった。それに、重村は刀を引っ提げているために走りにくい。すぐに、川田と重村の間がひらいた。

「ま、待て、追わずともいい……」

後ろから来た大河内が、荒い息を吐きながら言った。走るのは苦手らしい。苦しげに顔をしかめて、喘鳴《ぜんめい》を洩らしている。

重村も足をとめ、肩で息をし始めた。そこへ、若林と佐原を追った枝野がもどってきた。

「どうした、ふたりは」

重村が訊いた。

「せ、背中に一太刀浴びせたが、浅手だ……」

枝野が、声をつまらせて言った。枝野も息が乱れ、顔が紅潮していた。走ったせいである。

「……今日のところは、これでいい。……おれたちの仕事は、これからだ」

大河内が、大きな目をひからせて言った。


道場のなかは、夕闇につつまれていた。

彦四郎と永倉は、木刀を構えて道場のなかほどで対峙していた。一刀流の極意のひとつである妙剣《みょうけん》と称する技に取り組んでいた。彦四郎が打太刀、永倉が仕太刀である。

彦四郎は青眼、永倉は隠剣《いんけん》に構えていた。隠剣は、刀身を背後に引いた構えである。切っ先が、敵の目から隠れることから隠剣の名がついたのだ。

「いくぞ！」

永倉が声を上げ、打ち込みの間合に入ろうとしたときだった。

戸口に走り寄る乱れた足音がし、ハアハアという荒い息の音が聞こえた。

「だれか、来たようだぞ」

彦四郎は木刀を下ろした。

戸口で、苦しげな呻《うめ》き声と土間へ入ってくる複数の足音がした。

「行ってみよう」

彦四郎は、木刀を手にしたまま戸口にむかった。永倉もついてきた。

戸口の暗がりに、川田、若林、佐原の三人が立っていた。荒い息を吐き、体を激しく顫《ふる》わせている。顔が苦痛にゆがみ、瞠《みひら》いた目には恐怖の色があった。

「斬られたのか！」

彦四郎が驚いたような顔をして訊いた。

川田の左袖が裂け、どっぷりと血を吸っていた。若林も肩口から背にかけて、着物が裂けていた。かすかに血の色もある。

「は、はい……。道場破りにきた大河内たち三人に、襲われました」

川田が声を震わせて言った。

「なに！　大河内たちだと」

思わず、彦四郎は声を上げた。

「に、逃げて、きました」

若林が蒼《あお》ざめた顔で言った。

「ともかく、手当てが先だ。道場へ上がれ」

彦四郎は三人を道場に上げると、まずふたりの傷を見た。

川田の左腕からは、まだ出血していたが、命にかかわるような傷ではなかった。

若林の背中の傷はかすり傷である。

彦四郎は家にいる里美の手を借りて、川田の傷の手当てをした。

「今日は、おれと永倉で御徒町まで送っていこう」

彦四郎は、いまも大河内たちが待ち伏せしているとは思わなかったが、念のためにである。

6

すでに、町木戸のしまる四ツ（午後十時）を過ぎていた。道場に置かれた燭台《しょくだい》の火が隙間風に揺れて、男たちの姿を掻《か》き乱している。

「お師匠、大変です！」

道場の戸口で、叫び声がした。沢口智次郎《さわぐちともじろう》という門弟の声である。

道場内には、彦四郎と永倉、それに藤兵衛がいた。めずらしく、藤兵衛が稽古の後も道場に残り、彦四郎と永倉の型稽古を見ていたのである。

……また、門弟が襲われたのではあるまいか。

と彦四郎は思い、すぐに木刀を下ろして戸口にむかった。

永倉と藤兵衛も、戸口に出てきた。

「どうした、沢口」

彦四郎が訊いた。

「み、三村さまが、殺されています」

沢口が声を震わせて言った。

「三村寛兵衛か」

藤兵衛が訊いた。三村は高弟のひとりで、枝野と立ち合った男である。

「は、はい、汐見橋《しおみばし》の近くで斬られたようです」

汐見橋は、浜町堀にかかっている。

三村の家は橋町にあった。橋町は、汐見橋の先である。三村は道場からの帰りに何者かに斬られたらしい。

……大河内たちか！

彦四郎の胸に大河内たち三人の姿がよぎった。

「ともかく、橘町へ行ってみよう」

彦四郎たちは道場にもどると、急いで稽古着を着替えた。

沢口とともに、道場を出た彦四郎たちは、豊島町の町筋を南に向かい、浜町堀沿いの道に出た。しばらく南に足を運ぶと、前方に汐見橋が見えてきた。

「ひとが集まっています」

沢口が前方を指差して言った。

橋のたもとに人だかりができていた。通りすがりの野次馬が多いようだが、武士の姿も目立った。

「瀬川どのたちもいます」

沢口が言った。人だかりのなかに、入門したばかりの島中藩士の瀬川と坂井の姿があった。

「ふたりは、住居《すまい》は馬喰町だったな」

彦四郎は、ふたりは馬喰町の町宿に住んでいると聞いていた。馬喰町は近くである。ふたりは千坂道場の門弟が殺されていると耳にして、駆け付けたのかもしれない。


彦四郎たち四人が人垣のそばに近付くと、瀬川と坂井が、

「お師匠、ここへ」

と言って、左右に身を引いて道をあけた。

三村は堀際の叢《くさむら》のなかに、仰向《あおむ》けに倒れていた。苦しげに顔をゆがめ、目を瞠いたまま死んでいた。

……右腕がない！

彦四郎は、胸の内で声を上げた。

三村は右腕を截断《せつだん》されていた。さらに、肩から胸にかけても袈裟に斬られ、上半身が血に染まっている。

「先に、腕《かいな》を斬られたようだ」

藤兵衛が、死体を見すえたままつぶやいた。双眸が、切っ先のようにひかっている。いつもの好々爺《こうこうや》のような穏やかな表情は消えていた。剣客らしい凄みのある顔

である。

「腕を斬られた後、袈裟か――」

永倉が言った。

彦四郎にも、下手人《げしゅにん》の太刀筋が読めた。まず、三村の右腕を斬り落とし、次の太刀で袈裟に斬り、三村の息の根をとめたのである。

「手練《てだれ》だな」

藤兵衛が小声で言った。

彦四郎も、三村を斬った下手人は手練だろうと思った。三村は千坂道場のなかでも遣い手として知られていた。その三村を斃《たお》しただけでも、遣い手とみていいだろう。

「大河内たちかな」

永倉が彦四郎に身を寄せて言った。

「まだ、何とも言えないな」

彦四郎たちがそんなやり取りをしていると、瀬川と坂井が身を寄せてきた。ふたりの顔がこわばっている。

「これと同じような傷を見たことがあります」

瀬川が声をひそめて言った。

「どこで見た」

彦四郎が訊いた。

藤兵衛と永倉が瀬川に近付き、耳をかたむけている。

「国許で……。もう、五、六年も前のことです」

瀬川が言うと、

「それがしも、見ました」

と、坂井が脇から口をはさんだ。

ふたりによると、国許にいるとき、城下で斬られた藩士の傷を見たことがあるが、その傷が三村の傷とそっくりだったという。

「藩士も、腕を斬られていたのか」

藤兵衛が訊いた。

「はい、やはり藩士は右腕を截断された後、真っ向に斬られ、頭を割られていました」

袈裟と真っ向のちがいはあるが、腕を斬り落としてから二の太刀で仕留める刀法は、同じものではないか、と瀬川が言い添えた。

「それで、下手人は知れたのか」

「はい」

「何者だ」

「領内に住んでいた郷士です。城下の料理屋で飲んだ後、些細《ささい》なことで喧嘩になり、郷士が藩士を斬ったようです」

瀬川は、ふたりの名を口にしなかった。五、六年も前のことだし、藩内の事件なので名まで言う必要はないと思ったのだろう。

「その郷士は遣い手だったのか」

「はい、領内では名の知れた鬼斎流《きさいりゅう》の遣い手でした」

「鬼斎流だと！」

藤兵衛が驚いたような顔をした。

ただ、藤兵衛は鬼斎流のことは知っていた。瀬川と坂井が入門した後、彦四郎が瀬川たちと話したとき、ふたりの口から鬼斎流の話が出たらしい。その話を、藤兵衛は彦四郎をとおして聞いていたのだ。

「鬼斎流の刀法のなかに、雷落し《いかずちおと》と呼ばれる腕を斬り落とす技があるそうです」

瀬川が言った。

「雷落しとな」

藤兵衛が聞き返した。

「はい、腕落し《かいなおと》と呼ぶ者もいるようです」

瀬川によると、雷落しはまず右腕を斬り落とし、敵の戦力を奪ってから袈裟なり真っ向なりに斬り込んで仕留める技だという。

「その雷落しで、三村は斬られたのかもしれんな」

藤兵衛が顔を厳しくして言った。

いっとき、藤兵衛は口をつぐんでいたが、

「それで、藩士を斬った郷士はどうなったのだ」

と、声をあらためて訊いた。

「捕らえられる前、腹を切って自害しました」

「ならば、三村を斬ったのは、その郷士ではないな」

「ちがいます」

瀬川がはっきりと言った。

「それで、ふたりに下手人の心当たりはあるのか」

彦四郎が訊いた。

「ありませんが……」

瀬川が小声で言った。坂井も首をひねっている。

「いずれにしろ、下手人が雷落しを遣ったとすれば、島中藩とかかわりのある男ということになりそうだ」

「江戸詰の藩士のなかに、鬼斎流を身につけた者もいるでしょうが、雷落しを遣える者はいないと思います。雷落しは鬼斎流の奥義《おうぎ》で、藩士のなかにいれば名を聞いているはずですが……」

瀬川は語尾を濁した。はっきりしないらしい。

「何者であれ、なぜ、千坂道場の者を狙うのか分からないな」

彦四郎が首をひねった。

それから彦四郎は、沢口を三村の家に走らせた。遺体をこのまま放置しておくわけにはいかなかったのである。

三村は小身《しょうしん》の旗本の次男だった。家を出て、妻とふたりで借家暮らしをしていたが、子供はいなかった。実家は近くだと聞いていたので、今後のことは実家に任せるしかないだろう。

7

千坂道場に、六人の男が集まっていた。彦四郎、藤兵衛、永倉、瀬川と坂井、それに前園栄三郎《まえぞのえいざぶろう》という島中藩士がいた。

三村が何者かに斬殺されて三日経《た》っていた。その後、彦四郎が瀬川と坂井に、江戸勤番の藩士のなかに、雷落しのことを知っている者はいないかを訊くと、

「前園どのなら知っているかもしれません」

と、答えた。

前園は先手組《さきてぐみ》で、国許にいるとき、鬼斎流の道場に通ったことがあるという。ただ、いまは鬼斎流から離れ、一門とは何のかかわりもないそうだ。

「前園どのから、話を聞くことはできまいか」

彦四郎が訊くと、

「明日にも、道場に連れてきましょう」

と、瀬川が承知し、今日前園を道場に連れてきたのである。

道場内で彦四郎たちと前園が名乗り合った後、

「さっそくだが、雷落しのことを話してくれんか」

と、藤兵衛が切り出した。

「それがしは一年ほど鬼斎流の道場に通っただけで、門弟たちと雷落しの真似事をしただけですが……」

前園が困惑したような顔をして言った。

「その真似事で、いいのじゃ」

藤兵衛が穏やかな声で言った。

「では、やってみます。瀬川どの、相手をしてくれないか」

「承知した」

ふたりは、すぐに腰を上げた。袴の股だちを取ると、道場の板壁にかかっている木刀を手にし、およそ三間半ほど間合をとって相対した。

彦四郎たちの目が、いっせいに前園にむけられた。

「まず、八相に構えますが、敵に刀身が見えないようにします」

前園が八相に構え、木刀の先を背後にむけてほぼ水平に寝かせた。対峙した正面の敵からは木刀が見えなくなっている。

「おれは、どう構えたらいい」

瀬川が訊いた。

「好きなように構えくれ」

「ならば、青眼に構えよう」

瀬川は青眼に構え、木刀の先を前園の目線につけた。腰の据わった隙のない構えである。瀬川も遣い手のようだ。

「このまま間合をつめます」

前園が、摺り足で間合をつめ始めた。

瀬川は動かなかった。青眼に構えたまま前園に目をむけている。

「切っ先のとどく半歩手前で寄り身をとめ、ここから斬り込みます」

前園は寄り身をとめた。

次の瞬間、前園は、ヤアッ！　という気合を発し、八相から袈裟に斬り込んだ。

木刀の先は、瀬川から一尺ほど離れたところの空を切って流れた。

前園は袈裟に斬り下ろしたままの恰好で動きをとめ、

「このとき、刀身が敵の目に稲妻のように映るそうです。そのひかりに一瞬、目を奪われます」

と、言った。

「稲妻のように、見えるかもしれん。……それまで見えなかった刀身が、いきなり目の前に斬り下ろされるからな。それで、雷落しの名がついたか」

藤兵衛が言い添えた。

「そのようです。……電落しは、まず袈裟に斬り下げ、間をおかずに敵の右腕を狙って斬り上げます」

前園は木刀を返し、ゆっくりと逆袈裟に斬り上げ、青眼に構えている瀬川の右腕に木刀の先を当ててとめた。

「その二の太刀で、腕を斬るのか」

藤兵衛が訊いた。

「はい、そして、敵が怯《ひる》んだ隙をとらえ、袈裟か真っ向に斬り込んで敵を仕留めます」

前園は、真っ向に斬り込む真似をしてから木刀を下ろした。

「まちがいない。三村は雷落しで斬られたのだ」

藤兵衛が言うと、彦四郎と永倉もうなずいた。

「それにしても、恐ろしい技だ」

藤兵衛が低い声で言った。双眸に剣客らしい鋭いひかりが宿っている。

次に口をひらく者がなく、道場内は静寂につつまれた。彦四郎も永倉も鋭い目で、虚空《こくう》を睨むように見すえている。

「……三村を斬ったのは、大河内かもしれんな」

藤兵衛が、つぶやくような声で言った。

彦四郎をはじめ、その場にいた男たちの目が藤兵衛に集まった。

「大河内は、真剣勝負にこだわった。……千坂道場は、おれたちの手でつぶすとも口にした」

「雷落しは、真剣でないと遣えない技とみたのですか」

　彦四郎が訊いた。

「そうだ。竹刀では、いかに迅《はや》く打ち込んでも稲妻のようには見えまい。それに、防具を着けたまま袈裟に振り下ろした竹刀を、逆袈裟に振り上げるのはむずかしい」

「いかさま」

　彦四郎も、竹刀や木刀では雷落しは遣えないとみた。

「そうか。大河内が、雷落しで三村どのを斬ったのか。……川田たちを襲ったのも、大河内たちだったな」

　永倉が顔に怒りの色を浮かべた。

「瀬川、坂井、道場破りにきた大河内だが、島中藩の者ではないのか」

　藤兵衛が、あらためて訊いた。

「家中に、あのような者はいませんが」

　瀬川が言うと、坂井もうなずいたが、

「……ただ、江戸詰の藩士以外の者までは、分かりません」

　と、前園が言った。

前園によると、鬼斎流の道場に通う門弟のなかには、領内の郷士や足軽などの身分の低い家臣、なかには百姓や猟師の子弟もいるので、そのような者がひそかに出府《しゅっぷ》していれば、藩士にも分からないという。

「そうであろうな」

藤兵衛がちいさくうなずいた。

「それにしても、なぜ、大河内たちは、道場の門弟を狙うのだろう。道場をつぶすと言ったが、何か遺恨でもあるのだろうか」

彦四郎は、ただの道場破りではないような気がした。

「何かあるはずだな。……それに、これで終わったわけではないぞ。大河内たちは、道場をつぶすとまで言ったのだ」

藤兵衛の顔に憂慮の翳《かげ》が浮いた。

「こちらから、何か手を打たねばなりませんね」

彦四郎が言った。

このままでは、大河内たちの手で千坂道場はつぶされるのではあるまいか——。

第二章　鬼斎流

1

お花は、若林や佐原などの若い門弟の脇に立って、竹刀を振っていた。竹刀は定《じょう》寸《すん》より短く、二尺ほどしかなかった。彦四郎が、竹刀の割竹を切りつめてお花のために作ったものである。

お花は、脇で竹刀を振っている里美と同じように筒袖に短袴姿だった。稽古着は、里美が縫ってやったものだ。

道場内には門弟が六人、竹刀で素振りをしていた。八ツ半（午後三時）ごろである。

三村が斬殺された後、千坂道場は、しばらくの間、午後の稽古時間を早め、九ツ半（午後一時）から八ツ半（午後三時）までとした。今後も、大河内たちに襲われる恐れがあったので、暗くならないうちにそれぞれの住居に帰れるよう配慮したのである。また、残り稽古も、小半刻《こはんとき》(三十分)ほどで、切り上げるように話してあった。

彦四郎と永倉は、竹刀でなく振り棒を遣っていた。赤樫《あかがし》で、一貫目《かんめ》もある重い棒だった。膂力《りょりょく》をつけ、腰を鍛えるために振るのである。

お花はしばらく素振りをしていたが、飽きてきたのか、

「母上、面を打ちたい」

と、言い出した。

「みんなの邪魔にならないように、できる」

里美が竹刀を下ろして訊いた。

「はい」

「それじゃァ、面を打ってみなさい」

里美は、手にしていた竹刀を胸の高さほどに水平に差し出した。その竹刀を面に見立てて打つのである。お花には、大人がかぶった面を打つのは、高過ぎて無理なのだ。

すでに、お花は里美の手にした竹刀を面に見立てて打つ稽古をしていたので、すぐに竹刀を前にして立った。

お花は一歩踏み込みざま、
メーン！

と声を上げて、里美の手にした竹刀をたたいた。

「花、素振りのつもりで、真っ直ぐ打ちなさい」

里美は、お花の竹刀がそれたのを見て言った。

「はい」

お花は、ふたたび里美の竹刀を前にして立った。

いっときすると、お花の打ち込みがなおざりになってきた。気合も、間延びしている。子供は、こうした単調な稽古はすぐに飽きるのだ。

「花、面打ちは、これまでにしましょうか」

里美がそう言ったときだった。

戸口で足音がし、「若師匠、いやすか」と男の声がした。

若師匠というのは、彦四郎のことだった。古い門弟のなかには、彦四郎のことを若師匠と呼ぶ者もいる。

「佐太郎《さたろう》さんだ！」

お花は、竹刀を手にしたまま戸口の方へ駆けだした。

「仕方ないわね」

里美は、お花の後を追って戸口にむかった。

彦四郎と永倉も素振りをやめ、戸口に出てきた。ふたりの顔は紅潮し、汗が浮いていた。赤樫の棒の素振りは、かなりの体力を遣うのだ。

「若師匠、あっしに何かご用で」

佐太郎が訊いた。

佐太郎は町人だった。何年か前までしゃぼん玉売りをしていたが、千坂道場がかかわった事件の探索をとおして、弥八《やはち》という岡っ引きと知り合い、しばらく弥八の手先をしていた。そのうち、八丁堀同心に認められ、手札をもらって岡っ引きになったのである。

佐太郎はどういうわけか、剣術好きで藤兵衛に頼み込んで千坂道場の門弟として通っていた。ちかごろは岡っ引きの仕事が忙しいらしく、稽古から遠ざかっているが、ときおり道場にも顔を出す。

　彦四郎は、佐太郎に頼みたいことがあって、近くに住む門弟に頼んで、道場に顔を出すよう言伝《ことづて》を頼んだのだ。

「佐太郎、三村どのが斬り殺されたのを知っているか」

　彦四郎が訊いた。

「知ってやすぜ。あっしも、話を聞いて飛んでったんでさァ。近所で聞き込んでみたんですがね。三村の旦那が、お侍と斬り合ったらしいことしか分からねえんで」

　佐太郎は、ぺらぺらしゃべった。

　しゃぼん玉売りをしていたころ、口上を述べながら路地を売り歩いていたせいもあるのか、佐太郎はおしゃべりで、凝《じっ》としていることが嫌いだった。

「三村どのを斬った下手人だがな、どうも、道場破りにきた三人のうちのひとりらしいのだ」

「道場破りのことも知ってやすぜ。永倉の旦那やご隠居にやられて、尻尾《しっぽ》を巻いて逃げちまったそうで」

　ご隠居とは、藤兵衛のことである。

「それでな。道場破り三人の居所を知りたいのだ」

彦四郎は、大河内、重村、枝野の名と三人の体付きや人相などを話した。

「三人は牢人ですかい」

佐太郎が訊いた。

「はっきりしないが、牢人には見えなかったな。身分のある武士ではないようだが
……」

彦四郎は、三人が道場にあらわれときの身装《みなり》も話した。

「それで、親分にも頼みやすか」

親分というのは、岡っ引きの弥八のことである。これまで、彦四郎や藤兵衛は千坂道場がかかわった事件によっては、弥八に探索を頼むことがあったのだ。

「しばらく、佐太郎ひとりで探ってみてくれ。いずれ、様子をみて弥八だけでなく、坂口《さかぐち》どのにも頼むことになるかもしれん」

坂口主水《もんど》は、北町奉行所の臨時廻り同心だった。坂口は若いころ千坂道場の門弟だったことがあり、藤兵衛の弟子のひとりといってもいい。しかも、坂口の倅《せがれ》の綾《あや》之助《のすけ》が、いま門弟として千坂道場に通っていた。また、佐太郎に手札を渡して岡っ

引きとして使っているのも坂口である。

そうした縁があり、坂口の手を借りたいことがあると、佐太郎を通して頼むことがあったのだ。

「佐太郎、油断するなよ。……川田たちも大河内たちに襲われ、あやうく命を落としそうになったのだ」

「そのことも聞きやしたぜ」

佐太郎が顔をひきしめて言った。

「今後も門弟が狙われる恐れがあるので、近くで大河内たちの姿を見かけたら道場に知らせてくれ」

「承知しやした」

そう言って、佐太郎がその場を離れようとすると、

「佐太郎さん、しゃぼん玉で遊ぼ」

お花が言った。お花は、佐太郎が売り歩いているしゃぼん玉をもらって遊んだことがあるのだ。

「あとでな」

佐太郎は笑みを浮かべてお花に声をかけ、戸口から出ていった。

2

「花、はぐれるなよ」

彦四郎が、声をかけた。

これから、お花は里美といっしょに柳橋にある料亭、華村《はなむら》に行くのである。華村は、彦四郎の実家だった。彦四郎は華村の女将の由江《よしえ》と、後に北町奉行になった大《お》草安房守高好《くさあわのかみたかよし》との間に生まれた隠し子であった。そのため、彦四郎は料亭の女将の子に生まれながら、武士として育てられたのである。

ただ、大草は彦四郎が生まれて間もなく町奉行になったこともあり、ほとんど華村に顔を出さず、彦四郎には父親らしい記憶はまったくなかった。彦四郎は大草が自分の父親であることは知っていたが、父親という思いはなかったし、会いたくもなかった。

いまは、彦四郎が大草の子であることを知る者は、彦四郎本人と母親の由江、それに里美と藤兵衛ぐらいである。

そうしたこともあって、彦四郎は里美といっしょになるおり、千坂姓を名乗って道場を継いだのである。

彦四郎が千坂道場を継ぎ、里美といっしょに道場のつづきにある母屋で暮らすようになると、藤兵衛は由江といっしょに華村に住むようになった。

以前から、藤兵衛は彦四郎や華村が災難に遭ったときに助けてきた。そうしたかかわりのなかで、藤兵衛は由江と心が通じ合うようになり、彦四郎と里美がいっしょになるのを機に、由江に望まれて夫婦になったのである。

「あとで、おれも華村に行くからな」

彦四郎は、道場の午前の稽古が終わったら、華村に行くつもりだった。

「先に行って、待ってます」

里美はお花の手を引いて路地に出た。

里美は武士の妻らしく細縞《ほそじま》の小袖に茶の帯をしめていた。むろん、大小は帯びていない。お花も、武士の子らしい小袖姿だった。ただ、芥子坊を綺麗な布で縛ったり、銀杏髷に結ったりはしていなかった。髪は後ろに束ねているだけである。

「さて、一汗かくか」

彦四郎は踵《きびす》を返した。

道場から、門弟たちの気合や竹刀を打ち合う音がひびいていた。稽古が始まったようである。

朝の稽古が終わると、彦四郎は羽織袴に着替えて道場を出た。華村に行くつもりだった。

四ツ半（午前十一時）を過ぎていた。彦四郎は足を速めた。急げば、昼食に間に合うだろう。

華村の玄関の格子戸をあけると、女中のお松《まつ》が顔を出した。

「彦四郎さん、いらっしゃい。みなさんが、お待ちですよ」

お松は、笑みを浮かべて彦四郎を迎えた。

お松は四十代半ばであろうか。長年華村に勤め、女中頭として由江を助けてきた。彦四郎も幼いころ、お松に子守をしてもらったことがある。彦四郎にとっては、家族のひとりのような存在である。

お松は、彦四郎を帳場の奥の小座敷に連れていった。そこが、藤兵衛と由江の居間のようになっている。

「彦四郎、待っていたぞ」

藤兵衛が声をかけると、

「父上だ！」

お花が、飛んできた。

小座敷には、藤兵衛、由江、里美、お花の四人がいた。座敷には長火鉢も置いてあり、いつになく狭い感じがした。大勢集まったからだろう。

「彦四郎、昼食は？」

由江が訊いた。

由江は四十路《よそじ》を超えていたが、歳を感じさせなかった。料理屋の女将《おかみ》らしい艶《つや》と洗練された美しさがある。

「まだです。……母上たちは」

「まだですよ。彦四郎が来るのを待ってたんです」

すぐ、支度しますからね、由江はそう言い残し、小座敷から出ていった。

しばらく待つと、由江とお松が膳を持って入ってきた。膳には、鰈《かれい》の煮付け、茄《な》子《す》の古漬、酢の物、それに根深汁《ねぶかじる》が載せてあった。藤兵衛と彦四郎の膳には、銚子も載っている。

「まだ、こんな物しか用意できないんですよ」

由江はそう言ったが、昼食にしてはご馳走《ちそう》である。

「彦四郎と飲むのは久し振りだな」

藤兵衛は目を細めて、銚子を彦四郎にむけた。

「いただきます」

彦四郎は杯で受けると、旨《うま》そうに飲み干した。

お花は箸《はし》の扱いがぎごちなかったが、御飯、鰈の煮付け、酢の物を旨そうに食べていた。茄子の古漬はあまり好きではないらしい。

昼食が終わり、大人たちが談笑していると、表の格子戸があいて、何人かの男の声が聞こえた。出迎えに出たお松の声もした。客らしい。

「ゆっくりしてってくださいね」

由江が立ち上がった。料亭の女将らしい顔になっている。

それから、半刻（一時間）ほどして、彦四郎が里美に、「そろそろ、帰ろうか」と声をかけた。八ツ半（午後三時）を過ぎていた。彦四郎は、明るいうちに道場へ帰りたかったのである。

「まだ、いいではないか」

藤兵衛が言った。

「大河内たちのことが気になりますので」

彦四郎は、大河内たちに待ち伏せされたら里美とお花を守り切れないと思っていた。

「そうだな。人通りがあるうちに、帰った方がいいな」

藤兵衛は、それ以上彦四郎たちを引き止めなかった。

彦四郎、里美、お花の三人は、藤兵衛と出江に見送られて華村を出た。

彦四郎たちは神田川にかかる柳橋を渡り、両国広小路に出た。そこは、江戸でも有数の盛り場だけあって、大変な賑《にぎ》わいを見せていた。様々な身分の老若男女が行き交い、靄《もや》のような砂埃《すなぼこり》が立ち込め、子供の泣き声、芝居小屋の木戸番の客を呼ぶ声、馬の嘶《いなな》きなどが、あちこちから聞こえてくる。

彦四郎たちは両国広小路の雑踏を抜け、柳原通りに出た。そこにも人通りはあったが、広小路と比べると静かである。

柳原通りを西にむかい、群代屋敷のそばを通り過ぎると、前方に神田川にかかる新ツ橋が見えてきた。

彦四郎たちは、左手の通りに入った。千坂道場は、通りの先にある。

「佐太郎さんだ！」

お花が声を上げた。

路地の先から、佐太郎が小走りにやってくる。

彦四郎たちは路傍《ろぼう》に足をとめ、佐太郎が来るのを待った。

「わ、若師匠、やつらがいやすぜ」

佐太郎が、声をつまらせて言った。顔がこわばっている。

「大河内たちか」

「顔は見えなかったが、まちげえねえ。ふたり、道場を見張っていやす」

佐太郎によると、千坂道場から半町ほど離れた通りの脇の樹陰から、網代笠をかぶった武士がふたり、道場の方に顔をむけていたという。

「門弟たちは？」

「帰《けえ》りやした」

「そうか」

大河内たちは、門弟たちが帰ったのを知らないようだ。いや、狙いは門弟ではなく彦四郎かもしれない。

「佐原さまに、若師匠が華村に行ってると聞きやしてね。知らせに行くつもりだったんでさァ」

佐太郎が早口でしゃべった。

「まずいな」

彦四郎は、相手がふたりであっても、里美とお花を守るのはむずかしいと思った。里美も遣い手だが、お花を守りながらでは大河内たちに後れをとるだろう。

「彦四郎さま、裏道を通りましょう」

里美が言った。いまでも、里美はいっしょになる前と同じように彦四郎さまと呼んでいる。

「よし」

母屋の裏手に通じる細い路地があった。そこから家に帰るしか手はない、と彦四郎は思った。

彦四郎たちは細い裏路地をたどり、母屋の裏手にまわった。そして、背戸まで来ると、

「佐太郎、大河内たちが道場を見張っていたら、跡を尾けてみてくれんか。居所がつかめるかもしれん」

と、彦四郎が言った。

「承知しやした」

佐太郎はすぐに戸口から離れた。

だが、佐太郎は、ふたりの武士の跡を尾けることはできなかった。裏路地をたどって表の通りにもどり、ふたりが身を隠していた樹陰に目をやったが、その姿はなかったのである。

3

午後の稽古が終わった後、彦四郎と永倉が型稽古をしていると、島中藩の瀬川と坂井が、ひとりの初老の武士を連れて道場に姿を見せた。

彦四郎と永倉が道場内で、瀬川たちと対座すると、

「それがし、島中藩の留守居役《るすいやく》、結城又左衛門《ゆうきまたざえもん》でござる」

と、初老の武士が名乗った。

結城は痩身長軀《そうしんちょうく》だった。すこし背がまがっている。

後で瀬川から聞いたのだが、島中藩の御留守居役は、幕府や他藩の外務交渉をする役柄で、江戸にふたりいるという。

彦四郎と永倉が名乗った後、

「して、ご用の筋は？」

と、彦四郎が訊いた。結城の歳からみても、入門を希望しているはずはなかった。

「千坂どのに、頼みがあってまいったのでござる」

結城は、瀬川と坂井から千坂道場のことを聞いてきたという。

「頼みとは？」

「わが藩で、御前試合をしていただけまいか」

結城が彦四郎に目をやって言った。

「御前試合……」

彦四郎が驚いたような顔をした。

「御前試合といっても、あらたまったものではござらぬ。出稽古のひとつと思っていただきたい。殿が、瀬川たちの話を耳にされたらしく、千坂どのの試合を観てみたいとおおせられて……」

結城は語尾を濁した。不躾《ぶしつけ》な頼みと思ったのかもしれない。

「それで、相手は」

彦四郎が訊いた。

「他流の者ではなく、試合稽古として家中の者を相手にしていただければ……」

結城が、藩士ならば遺恨を残すようなことはないし、その後に稽古をつけてもらえれば、藩士たちも喜ぶことを言い添えた。

「場所は?」

彦四郎は、試合稽古ならしてもいいと思った。

「藩邸でござる」

結城によると、赤坂に島中藩の下屋敷があり、そこの庭を使いたいという。

そのとき、彦四郎の脇に座していた永倉が、

「御前試合だが、千坂どのだけがやるのか」

と、身を乗り出すようにして訊いた。

「門弟の方でも結構だが、永倉どのは……。他藩の方なので、試合だけはご遠慮願いたいが」

結城が、当惑したような顔をした。島中藩士と他藩の者との試合では、遺恨を残すと思ったようだ。

「結城どのの仰せのとおり、それがしは遠慮しよう。……ただ、供としてついていくだけならかまわんかな」

「結構でござる」

「ところで、なにゆえ御前試合をなされるのです」

彦四郎が訊いた。藩主の酔興《すいきょう》とは思えない。試合稽古とはいえ、わざわざ町道場の者を呼んで藩主の前でやるとなれば、それなりの理由があるはずである。

「千坂どの、これには子細がござる」

結城が声をあらためて言った。

「子細とは？」

「殿には、おふたりのお子がおります。十三歳になれたご嫡男の長太郎君《ちょうたろうぎみ》、ご長女で七歳になられた清姫《きよひめ》さままでです。……この度、殿は長太郎君が元服なされたのを機に、剣術を習わせたいと思われ、一刀流の達者に指南役を頼みたいと仰せられたのです。殿はご自分の目で、指南役になる者の剣術の腕のほどとお人柄を見ておきたいらしく、それで、御前試合ということに……」

「なぜ、一刀流を？」

彦四郎が訊いた。江戸には一刀流の他に、神道無念流、鏡心明智流、心形刀流などの大道場があり、多くの門弟を集めていた。

そのとき、結城の脇に座して話を聞いていた瀬川が、

「お師匠にも、お話しいたしましたが、わが家中には一刀流を身につけた者が多く、殿と重職の方々は、一刀流なれば、藩内で流派間の揉《も》め事が起こることがない、と思われたようです」

と、言い添えた。

「江戸には、一刀流の道場は他にもございますが」

千葉周作の北辰《ほくしん》一刀流玄武館《げんぶかん》、中西派一刀流の中西道場など、江戸でも名の知れた大道場をはじめ、いくつかの町道場がある。

「いや、指南役といっても出稽古に藩邸に来ていただき、長太郎君に指南していただくだけなので……。それに、三橋《みはし》道場と関山《せきやま》道場の方からも話を聞いてござる」

結城が言いにくそうに小声で言った。

「三橋道場と関山道場に……」

一刀流、三橋道場は本郷にあり、道場主は三橋八右衛門《はちえもん》、門弟は五、六十人いると聞いていた。また、関山道場は京橋にあり、道場主は関山作之助《さくのすけ》、門弟は七、八十人いるらしい。両道場とも、千坂道場より名の知れた大道場である。

「実は、三橋道場と関山道場にも、われらと同じように藩の者が門弟として通っているのです。殿はそれらの者からも様子をお聞きになられ、すでに出稽古に来てもらっております」

瀬川が言った。

「…………！」

そういうことか、と彦四郎は胸の内でつぶやいた。

藩主の直親は、江戸で一刀流の道場に通っている家臣たちから話を聞いたが、だれを嫡男長太郎の指南役にするか決めかねたのだ。そこで、藩邸内で藩士相手の試合を観て、腕のほどとともに、人柄もみるつもりなのだろう。

彦四郎が黙考していると、

「千坂さまに、お願いがございます」

瀬川が身を乗り出すようにして言った。

「何かな」

「それがし、里美さまも藩邸にお連れしていただきたいのです」

瀬川が言うと、脇に座していた坂井が、

「それがしからも、お願いいたします。里美さまとお花どのの稽古の様子を拝見し、殿や若君にも見ていただきたいと思い、おふたりのことをお話ししたのです」

と、訴えるように言った。

「なぜ、里美と花を」

彦四郎が訊いた。

「若君は奥で育ったせいか、気弱なところがございます。……荒々しい剣術の稽古を見て怖がられ、稽古を嫌がる恐れがございます。里美さまお花どのの稽古を見れば、若君も剣術の稽古をしてみたいと思われるはずです」

瀬川が訴えるように言った。

「……殿も、七歳の女児が剣術の稽古をしているとお聞きになり、ぜひ、長太郎君に見せたいと仰せになったのだ」

結城の声にも懇願するようなひびきがあった。

「稽古といっても、遊びですよ」

彦四郎が慌てて言った。

「それで、いいのです。若も、初めて竹刀や木刀を握るのですから」

「ふだん、道場で稽古をしている若い門弟たちといっしょならば――」

稽古のおり、道場内でしている素振りや打ち込みならかまわない、と彦四郎は思った。

「それで、結構でござる」

結城が、ほっとしたような顔で言った。どうやら、若君が怖じ気付かないように里美とお花の稽古を見せたかったらしい。

「お師匠、われらもいっしょに稽古します」

瀬川が言うと、坂井も嬉しそうにうなずいた。

4

島中藩の下屋敷は、赤坂にあった。溜池《ためいけ》の南方で、大名屋敷のつづく一画である。

その日、千坂道場から下屋敷にむかったのは、彦四郎、永倉、高弟のひとり島津勝左衛門、若い門弟の若林たち三人、それに里美とお花である。島中藩士の瀬川と坂井は、下屋敷で待っていることになっていた。

お花は、ひどく張り切っていた。若林たちといっしょに剣術の稽古をすると聞いて、自分も門弟のひとりになったような気がしたらしい。

千坂道場を出た彦四郎たちは、日本橋の町筋を通って東海道に入った。街道を南にむかい、汐留川《しおどめがわ》にかかる芝口橋を渡ると、すぐに左手におれ、川沿いの道を西に歩いた。通りの左手が愛宕下《あたごした》で、豪壮な大名屋敷の殿舎の甍《いらか》が折り重なるように見えていた。

さすがに、お花も大人たちと歩くのは辛《つら》くなったらしく、なきべそをかいている。しかたなく、彦四郎と永倉が交替して、背負ってやった。

しばらく行くと、前方に溜池が見えてきた。

「こっちだ」

永倉が先にたった。

永倉が仕えている畠江藩の屋敷も愛宕下にあったので、この辺りの道筋に明るいようだ。

溜池沿いの道をいっとき歩き、左手に桐畑のつづく地に入って間もなく、永倉は左手の路地に入った。

前方に、大名家の屋敷らしい長屋門が見えてきた。ただ、下屋敷らしく、それほど大きな屋敷ではなかった。

彦四郎たちが屋敷に近付くと、表門の前に立っている瀬川と坂井の姿が見えた。門扉《もんぴ》もあいたままになっている。彦四郎たちが来ると分かっていたので待っていたらしい。

「遠いところお越しいただき、恐縮です」

こちらです、そう言って、瀬川が彦四郎たちを門内に案内した。

屋敷の玄関の前で、結城と松波吉右衛門《まつなみよしえもん》という側役《そばやく》が待っていた。側役は藩主に近侍し、所用を果たす役である。松波も初老だった。丸顔で目が細く、穏やかそうな顔をしていた。

松波は彦四郎たちと挨拶を交わした後、

「お花どのでござるな」

お花に目をむけて声をかけた。

「はい、今日は剣術の稽古にきました」

お花が嬉しそうな顔をして言った。

「お手並を、拝見させていただきますぞ」

結城は、細い目を糸のように細めて微笑《ほほえ》んだ。

彦四郎たちは、玄関を入ってすぐの客間に通された。座敷に腰を落ち着け、奥女中が運んできた茶菓で一休みした後、結城が客間に入ってきて、

「そろそろ、支度をしていただけようか」

と、声をかけた。

試合場は屋敷に面した中庭にあり、すでに藩士たちは集まっているという。

「承知しました」

彦四郎たちは、その座敷で着替えることになった。

客間は二間あり、里美とお花は奥の部屋に入った。そこは、小座敷らしかった。

稽古着の袴姿になり、防具と剣袋を手にして彦四郎たちは座敷を出た。剣袋には竹刀と木刀が入っていた。木刀は、一刀流の型稽古をするおりに遣うのである。

里美とお花も、座敷から出てきた。ふたりとも、ふだん道場で稽古しているときのように筒袖に短袴姿だった。手に木刀と竹刀を持っている。

「こちらへ」

結城が先にたった。

結城が彦四郎たちを連れていったのは、中庭だった。そこが、今日の試合や稽古の場だという。

庭のなかほどが綺麗に掃き清められ、砂がうすく撒《ま》かれていた。その両側に敷かれた茣蓙《ござ》の上に、藩士たちが居並んでいる。総勢、四十人ほどであろうか。稽古着姿の者も、何人か交じっていた。

彦四郎たちが姿を見せると、それまで聞こえていた私語がやみ、視線が彦四郎たちにむけられた。あちこちから、「千坂道場の方々だ」「女のお子も、稽古着姿だぞ」などという声が聞こえた。やはり、好奇の目が里美とお花にむけられている。

屋敷側の正面には、床几《しょうぎ》が並べられていた。藩主と若君、それに重臣たちの席らしい。だが、まだ、その姿はなかった。

結城は、彦四郎たちを正面から見て右手の席へ連れていった。そこには、彦四郎たちのために床几が並べられていた。背後に、茣蓙も敷かれていたのはお花のためにそうしたのであろう。

茣蓙の隅に瀬川と坂井が座っていた。ふたりも稽古着姿で、脇には防具が置いてあった。ふたりは彦四郎たちの姿を目にすると、緊張した面持《おもも》ちで頭を下げた。

彦四郎たちが床几に腰を下ろして間もなく、視線が正面にむけられた。

「殿のお出ましです」

瀬川が小声で言った。

屋敷の方から試合場に、十人ほどの武士が近付いてくる。側役の松波が先導し、藩主の直親、嫡男の長太郎、小姓、それに、重臣たちがつづいた。結城の姿もある。清姫はいなかった。剣術の試合なので、連れてこなかったのだろう。

直親は四十がらみであろうか。小紋の羽織と袴姿だった。くつろいだ恰好である。恰幅がよく、丸顔で細い目をしていた。温厚そうな顔である。

直親の背後に身を隠すようにして、長太郎が歩いてきた。背丈はあるが、色白でほっそりとしていた。歩く姿にも力がなく、いかにもひ弱そうである。

正面のなかほどの床几に、直親が腰を下ろした。脇に長太郎が腰掛け、重臣たちが左右に居並んだ。

直親の左手に腰を下ろした初老で長身の男が、江戸家老の浦沢三郎左衛門《うらさわさぶろうざえもん》らしかった。彦四郎は瀬川から浦沢の年恰好や体軀を聞いていたのでそれと知れたのである。ふだんは、直親をはじめ家老などは上屋敷にいるが、今日のために下屋敷に集まったらしい。

彦四郎、永倉、島津の三人が結城に連れられて、直親の前に進み出た。試合前に、お言葉を賜ることになっていたのである。

彦四郎たち三人は、直親の前で片膝をつき、まず彦四郎が、

「千坂道場の千坂彦四郎にございます」

と、名乗って低頭した。

つづいて、永倉と島津も名乗った。ただ、永倉は千坂道場の師範代と口にしただけで、畠江藩士であることは口にしなかった。もっとも、結城からそのことも直親には話してあるだろう。

「余《よ》が、直親じゃ。今日は、手の内を存分に見せてくれい」

直親が目を細めて言った。

5

一番手に、島津が長野弥三郎《ながのやさぶろう》という若い藩士と立ち合うことになった。長野は自ら名乗り出たという。一刀流を遣い、家中でも遣い手のひとりと目されているそうだ。

検分役は楢崎平兵衛《ならざきへいべえ》という初老の藩士がやることになった。楢崎も若いころから一刀流の稽古をつづけ、藩内では遣い手として知られているという。

「双方、出ませい」

　楢崎が声をかけた。

　島津と長野が竹刀を手にして試合場に出てくると、ざわついていた藩士たちの席が静まり、視線がふたりにむけられた。

　ふたりは正面の直親に一礼した後、四間半ほどの間をとって対峙した。そして、お互い一礼してから竹刀を構え合った。

「始め！」

　楢崎が声をかけた。

　すぐに、島津は八相に、長野は青眼に構えた。ふたりは摺り足で間をつめ、二間半ほどの間合をとって足をとめた。

　オリャッ！　オリャッ！

　長野は何度も気合を発し、足を前後させて島津を牽制した。

　だが、島津はまったく動じなかった。大きな八相に構えたまま、気魄で長野を攻めている。

　ふたりは、一足一刀の間境の外で対峙していたが、島津が先に動いた。爪先《つまさき》で地面を擦るようにして間合をつめ始めた。

するとふたり、長野も動いた。ジリジリと間合を狭めてきた。

ふたりの間合が一気に狭まった。斬撃の間境に踏み込むとすぐ、長野の全身に打突の気がはしった。

タアッ!

鋭い気合を発し、長野の竹刀が島津の面を襲った。

だが、島津は長野の打ち込みを読んでいた。一瞬、体をひらきながら胴を払った。すばやい体捌きである。

バチッ、と竹刀で胴を打つ音がひびき、長野が体勢をくずして前につっ込んだ。鮮やかな抜き胴だった。

「胴、一本!」

楢崎が声を上げた。

「胴、いただきました」

長野はすぐに島津と相対した場所にもどり、ふたたび竹刀を青眼に構えた。島津は八相である。

「二本目、始め！」

楢崎が宣した。

ふたりは、すぐに間合をつめ始めた。二本目は、ふたりとも激しく動いて打ち合ったが、島津の籠手が決まった。長野が面を打とうとして踏み込んだ一瞬をとらえ、出頭《でがしら》に籠手を打ったのである。

島津と長野が下がると、永倉と青島松之助《あおしままつのすけ》という三十がらみの藩士が試合場に進み出た。青島は、家中でも名の知れた一刀流の達者だという。

永倉は他藩の者だったが、ここは竹刀での打ち合いであり、稽古ということで青島と立ち合うことになったのだ。

青島はなかなかの腕だったが、永倉には敵わなかった。一本目は、永倉が面を打ち、二本目は青島が胴を抜いた。そして、三本目は、永倉が見事な飛び込み面を決めた。飛び込み面は、敵の一瞬の隙をとらえて飛び込みざま打つ技である。

最後の試合は、彦四郎だった。

「千坂彦四郎どの！」

楢崎の声で、彦四郎が面をつけ、竹刀を手にして立ち上がると、

「鬼斎流、菊池弥五郎《きくちやごろう》！」

と、楢崎が相手を呼んだ。

藩士たちのなかから立ち上がったのは、六尺はあろうかという巨漢の主だった。一刀流ではなく、鬼斎流を遣うらしい。

後で、瀬川から聞いて分かったのだが、鬼斎流を身につけた家臣のなかから、一刀流だけでなく、鬼斎流のなかからも試合に出して欲しいという強い要望があり、ひとりだけ許されたという。

菊池が試合場に出ると、ざわついていた場内が水を打ったように静まった。家臣たちの目が、菊池と彦四郎にそそがれている。

彦四郎と菊池は、正面の直親に一礼してから対峙した。

「始め！」

楢崎の声が、静まった試合場にひびいた。

オオッ！

菊池が吼《ほ》えるような気合を発し、八相に構えた。

対する彦四郎は青眼に構え、竹刀の先を菊池の目線につけた。

ふたりの間合は、およそ四間――。まだ、飛び込んでも竹刀のとどかない遠間《とおま》である。……こやつ、雷落しを遣うのか！

彦四郎は、菊池の構えが通常の八相とちがうのをみてとった。

菊池は八相に構えた竹刀の先を背後にむけて、水平に寝かせたのである。彦四郎には、菊池の竹刀が見えなくなった。

……だが、竹刀では雷落しは遣えないはずだ。

竹刀では、刃光を発することができない。それに、袈裟に打ち下ろした竹刀を逆袈裟に撥ね上げて籠手を打つのは至難であろう。

恐れることはない、と彦四郎は思った。

彦四郎は、目線につけた竹刀の先を菊池の左の拳にむけた。八相に対応した構えをとったのである。

「行くぞ！」

菊池が声を上げ、趾《あしゆび》を這うようにように動かして間合をつめ始めた。

菊池の足元で、ズッ、ズッと音がし、砂を撒いた地面に足跡が二本の帯のようにつづいた。

しだいに、両者の間合が狭まり、それにつれて打ち込みの気配が高まってきた。
試合場は時のとまったような静寂と息詰まるような緊張につつまれている。
ふいに、菊池の寄り身がとまった。一足一刀の斬撃の間境の一歩手前である。
……この遠間から来る！
と、彦四郎は読んだ。
菊池の初太刀《しょだち》は、袈裟に来るはずである。
そのとき、菊池の両腕がすこし上がり、竹刀がわずかに見えた。
……横面だ！
彦四郎が察知した瞬間、菊池の全身に打ち込みの気がはしった。
タアッ！
鋭い気合とともに、菊池の巨軀が躍った。
八相から、横面へ――。
唸りを上げて、菊池の竹刀が彦四郎の側頭部を襲う。
と、彦四郎は青眼から一歩引きざま、竹刀を撥ね上げた。一瞬の太刀捌きである。
バチッ、という乾いた音がし、ふたりの竹刀が弾き合った。

次の瞬間、彦四郎の竹刀が半弧を描き、メーン、という鋭い声とともに、菊池の面を打った。

敵の横面への打ち込みを弾いて面へ——。一瞬の太刀捌きである。

ガシッ、と音がし、菊池の面が揺れた。

「面、一本！」

楢崎の声が、静まり返った試合場にひびいた。

数瞬、試合場は静寂と緊張につつまれていたが、すぐにざわつき、あちこちから驚嘆の声が聞こえた。

「二本目、始め！」

楢崎の声で、また試合場は静まり返った。

居並んだ藩士たちの目は、彦四郎と菊池に釘付けになっていたが、二本目は呆気なかった。

彦四郎は、菊池が八相から面にきたのを受けておいて胴を払ったのである。

「ま、参った！」

思わず、菊池が声を上げた。

彦四郎と菊池が一礼して竹刀を納めると、藩士たちの間からいっせいに彦四郎の精妙な太刀捌きに対する賛嘆の声が沸き上がった。

6

試合が終わると、彦四郎が打太刀、永倉が仕太刀となって一刀流の型稽古を藩士たちの前で披露した。

里美とお花は、まだ出番がなく、床几の後ろの茣蓙に座して、彦四郎たちの稽古の様子を見ていた。

小半刻（三十分）ほどすると、型稽古は終わった。いよいよ、里美とお花の出番である。

ふたりは若い門弟たちの脇に立ち、まず竹刀で素振りを始めた。

ヤッ！　ヤッ！　と気合を発し、お花は里美と並んで竹刀を振り始めた。

里美とお花の稽古を見た藩士たちの間から、私語が聞こえた。どの顔も、なごんでいる。藩士たちのなかには、女のくせに剣術など、と思う者もいたであろうが、お花に対する称賛の声が多かった。

藩主の直親や居並ぶ重臣たちも、笑みを浮かべていた。試合中は、こわばっていた長太郎の顔も、やわらいでいる。

素振りが終わると、今度は打ち込み稽古になった。お花は、里美が胸の高さに差し出した竹刀を、メーン、と声を上げて、打ち込んだ。

藩士たちの顔に驚きの色が浮き、感嘆の声が上がった。剣術の稽古をした者には、お花の打ち込みの姿勢や太刀筋から、子供とは思えない腕に見えたのである。

面打ちが終わると、防具を着けている里美が籠手と胴を打たせた。お花の籠手と胴打ちも、なかなかのものだった。

里美は、お花を相手に小半刻ほど稽古をつづけると、

「花、これまでにしましょう」

と声をかけて、竹刀を引いた。里美はお花の息が乱れ、腰がふらついてきたのを見たのである。里美は、まだ幼いお花に決して無理をさせなかった。

「はい」

お花も竹刀を引き、里美にちいさく頭を下げた。遊びではなく、門弟たちといっ

しょに稽古をするときは、そうするように教えてあったのだ。

里美とお花が稽古を終えると、彦四郎や門弟たちも竹刀を引いた。披露の稽古はこれまでである。

彦四郎たちが竹刀を引いて自席にもどろうとすると、側役の松波が小走りに近付いてきて、

「千坂どの、殿がお呼びでござる」

里美どのと、お子もいっしょに、と松波が小声で言い添えた。

彦四郎は里美に伝え、松波について直親の前に出た。彦四郎と里美は片膝をついて身を低くしたが、お花は立ったままである。

「見事であった。感服したぞ」

直親は、彦四郎に褒めの言葉をかけた後、

「そなた、名はなんというな」

と、目を細めてお花に訊いた。

「花です」

お花は物怖じせず、はっきりと答えた。

「花か、よい名じゃな。……それにしても、見事な手並だったが、剣術は好きかな」

直親が、微笑みながら訊いた。

「好きです。花は、母上のようになりたい」

お花が、里美に目をやって言った。

「……………」

里美が顔を赤らめ、視線を足元に落とした。

居並んだ重臣たちも顔をなごませ、お花と里美に目をやっている。

長太郎は戸惑うような顔をしていたが、お花にむけられた目には好奇の色があった。お花の稽古着や手にした竹刀を物珍しそうに見つめている。

「どうだ、長太郎、剣術をやってみる気になったかな」

直親が訊いた。

「長太郎にも、できるかな……」

長太郎は自信なさそうに言った。

すると、お花が、

「竹刀、振ってみる？」

と言って、手にした短い竹刀を差し出した。

「振ってみる」

長太郎はすぐに立ち上がり、竹刀を手にすると、両手を振り上げ、ヤッ、と声を出して振り下ろした。長太郎は、姿勢もくずさなかった。振りやすかったらしい。お花にはちょうどいい長さだが、元服を終えた長太郎には短く軽い物であった。

「若、お見事！」

御留守居役の結城が声を上げた。

すると、その場に居並んだ重臣たちの間から「お見事！」「見事な手並でござる」などという称賛の声が上がり、なかには拍手までした者もいる。

すっかり気をよくした長太郎は、ヤッ、ヤッ、と声を上げて、竹刀を振り始めた。

直親は満面に笑みを浮かべ、竹刀を振る長太郎を目にしていたが、しばらくすると、長太郎の腰がふらついてきたのを見て、

「長太郎、そこまでにいたせ。……すぐに、好きなだけ稽古ができるようになろう」

と、満足そうな声で言った。

彦四郎たちは、直親からあらためてお褒めの言葉を賜った後、自分たちの場所に

もどった。

直親と長太郎、それに重臣たちが席を立ち、屋敷に帰るのを待ってから、彦四郎たちも結城に先導されて、試合場を後にした。

藩士たちの多くは試合場に残っていて、屋敷にもどっていく彦四郎たちの後ろ姿に目をやっていた。

あちこちから、藩士たちの私語が聞こえた。ほとんどが、藩士と立ち合った彦四郎、永倉、島津に対する感嘆の声だった。それに、お花と里美にも、褒め言葉が多かった。

だが、藩士たちの座席の一隅に、去っていく彦四郎たちに憎悪の目をむけている者たちがいた。
五、六人いるだろうか。その集団のなかにいるのは、鬼斎流の菊池である。その場に集まっていたのは、鬼斎流を身につけた藩士たちだった。
「これで、また、おれたちの肩身が狭くなるな」

菊池が言うと、

「そうはさせぬ」

と、ひとりの藩士が低い声で言った。三十代半ばであろうか。眉の濃い、眼光の鋭い男だった。名は池田《いけだ》宗一郎《そういちろう》である。

7

「瀬川、剣術指南の話はどうなった」

永倉が瀬川に訊いた。

千坂道場だった。午後の稽古を終えた後、永倉が瀬川と坂井を呼びとめたのだ。道場内には、彦四郎と島津もいた。彦四郎たちが、島中藩の下屋敷で御前試合をして十日経っていた。彦四郎たちは、指南役の話が気になっていたのである。

「御留守居役の結城さまから、聞いたのですが」

と、瀬川が前置きして、話しだした。

まだ、千坂道場に決まったわけではないが、藩主の直親は千坂道場に指南役を頼みたい腹らしいという。それというのも、長太郎君が剣術の稽古に乗り気になっていて、千坂道場の彦四郎や里美が指南に来ると思い込んでいるそうなのだ。その長太郎君の思いを無視して、他道場に指南を頼むことはできないだろうという。

「ただ、懸念もございます」

瀬川が小声で言った。

「懸念とは」

「実は、藩士のなかに三橋道場に稽古に通っていた者が何人かいます。それに、若いころ鬼斎流一門だった側用人《そばようにん》のひとり、田代忠次《たしろただつぐ》さまは、一刀流の指南役をむかえることに反対されているようです」

瀬川によると、三橋道場に通っていた者や田代は、三橋道場や鬼斎流の者を指南役に迎えるよう直親や家老の浦沢に訴えているという。

島中藩の側用人は、藩主に近侍し所用を果たす役柄だが、側役たちも束ねていて藩主や奥向《おくむき》に強い影響力を持っているそうである。

「そうか」

彦四郎にとって、島中藩の指南役は魅力があったが、どうしてもという強い思いはなかった。このところ、千坂道場は門弟も増え、このまま地道に道場をやっていこういう思いがあったからである。それに、里美が島中藩の屋敷に出向いて指南することを嫌がるかもしれない。

「島中藩の指南役になれば、道場の名は上がるし、ますます門弟が増えるぞ」

永倉が言うと、

「若師匠、そうなれば、三橋道場や関山道場に負けない道場になりますよ」

島津も昂った声で言い添えた。

ふたりは、島中藩の指南役になることに乗り気らしい。

そのとき、道場の表戸をあける音がし、お頼み申します、という声が聞こえた。

永倉が立ち、戸口に対応に出た。

戸口で、永倉と武士らしい男のやり取りが聞こえた後、永倉がふたりの武士を連れて道場に入ってきた。ふたりとも、十七、八と思われる若侍である。

「ふたりは、入門のことで来たようです」

永倉が彦四郎に小声で伝えた。

彦四郎は道場内で、ふたりから話を聞こうと思い、その場にいた瀬川と坂井を帰した。永倉と島津はそのまま道場にとどまった。彦四郎が、いっしょに話を聞くよう、ふたりに言ったからである。

　彦四郎は若侍を前にして名乗った後、

「そこもとたちの名は」

　と、おだやかな声で訊いた。

「葉山憲次郎《はやまけんじろう》にございます」

　葉山は御家人の次男で、家は下谷《したや》にあるそうだ。

「小野田弥之助《おのだやのすけ》です」

　小野田は旗本の三男で、やはり家は下谷にあるという。

「おふたりは、入門したいとのことだが？」

　つづいて、永倉と島津が名乗った後、
　と、彦四郎があらためて訊いた。

「はい、入門して一刀流を修行したいのです」

　葉山が言うと、

「わたしも、同じです」

　と、小野田が身を乗り出すようにして言い添えた。

「これまで、剣術の修行をしたことは？」

彦四郎が訊いた。

「ございます。やはり、一刀流の道場に二年ほど通いました」

「わたしは、一年ほど」

葉山につづいて、小野田が言った。

「一刀流というと、道場はどこかな」

「本郷にある三橋道場です」

「なに、三橋道場だと！」

ふいに、永倉が大声で言った。

葉山や小野田は、戸惑うような顔をして永倉を見た。なぜ、永倉が大声を出したのか分からなかったのであろう。

「三橋道場はやめたのか」

彦四郎が、穏やかな声で訊いた。

「は、はい、小野田といっしょにやめました」

葉山が言うと、小野田がうなずいた。

「なぜ、やめたのかな。同じ一刀流ではないか」

彦四郎が訊いた。

「道場には他の流派の方もいて、指南がまちまちなので……。それに、ちかごろ稽古をやらない日もあるのです」

葉山と小野田が話したことによると、三橋道場には食客として他流派の者も寝泊まりしていて、門弟たちに指南するという。流派によって刀法や稽古法が異なり、戸惑うことが多いそうだ。それに、稽古はやったりやらなかったりで、指南は荒く、ときには素面《すめん》素籠手《すこて》で竹刀で打ち合うこともあるという。

「ここ、一年ほどの間に、道場をやめた者が何人もいます」

葉山が訴えるような口調で言った。

「それで、ふたりは、いつ三橋道場をやめたのだ」

やめてすぐに同じ一刀流の別の道場に入門したのでは、三橋道場としては顔をつぶされたと思うだろう。

「半年ほど前です。その後、いくつかの道場にあたり、千坂さまの道場で修行したいと決心し、ふたりして訪ねてまいりました」

葉山が言うと、小野田もうなずいた。

「半年前か……」

彦四郎は、半年も経っているなら懸念することはないと思ったが、

「島津どの、どう思うな」

と、年配の島津に訊いてみた。

「ふたりが自ら入門を望んで訪ねて来たのですから、他の道場のことまで考えることはないでしょう」

島津は、気にしていないようだった。

すると、永倉も、

「三橋道場から、引き抜いたわけではないからな」

と、平然として言った。

「ふたりの言うとおりだな。……葉山、小野田、明日から稽古に来るといい」

そう言い置いて、彦四郎は腰を上げた。

第三章　食客

1

……やつらだ！

佐太郎は、胸の内で声を上げた。

そこは、千坂道場から半町ほど離れた通り脇の樹陰だった。網代笠をかぶった武士がふたり、身をひそめていた。ふたりは、ときおり笠の端をつまんで上げ、道場に目をむけている。

佐太郎は、大河内たちが門弟を狙っているとみた。道場内には、まだ門弟たちが残っているはずである。佐太郎は、すぐに彦四郎に知らせようと思い、裏路地の方に足をむけた。

そのとき、道場の方で談笑の声が聞こえた。佐太郎が振り返ると、道場の前に四人の若侍の姿が見えた。

四人は、それぞれ剣袋を手にしていた。千坂道場の門弟だった。川田、木村、佐原、若林の四人である。川田も傷が癒《い》えて、稽古に通うようになっていたのだ。

川田たち四人は、道場の前の通りを柳原通りの方にむかって歩いていく。稽古を終えて、それぞれの家に帰るらしい。

川田たち四人がいっしょに帰るのには、理由があった。川田たちにつづいて三村が大河内たちに襲われて斬殺されてから、同じ道筋を通る者はいっしょに帰るようにしていたのである。

樹陰に身をひそめていたふたりの武士は、川田たち四人を半町ほどやりすごしてから、跡を尾け始めた。

……やつら、川田さんたちを狙っている！

と、佐太郎は察知した。

佐太郎はすばやく通り沿いの店の脇に身を隠すと、ふたりの武士が行き過ぎるのを待って、通りに飛び出した。

佐太郎ひとりでは、川田たちを助けられなかった。道場にいる彦四郎たちに知らせるより他に手はない。

　佐太郎は懸命に走った。道場の戸口から飛び込むと、

「若師匠、大変《てえへん》だ！」

　と、叫んだ。

　道場の床を小走りに踏む足音がし、すぐに正面の板戸があいた。顔を出したのは、彦四郎と永倉だった。ふたりは稽古着で、木刀を手にしていた。他に、高弟の島津も道場内にいるようだ。

「どうした、佐太郎」

　彦四郎が訊いた。

「川田さんたちが、うろんな武士に尾けられていやす」

「大河内たちか」

「笠をかぶっていたが、やつらにちげえねえ」

「行くぞ！」

　彦四郎はすぐに状況を察知し、道場に取って返すと、大刀だけ手にして土間に下りた。

永倉もつづき、道場内にいた島津も戸口から飛び出した。島津にも、彦四郎と佐太郎のやり取りが聞こえていたらしい。

「こっちで」

佐太郎が先にたった。

彦四郎たちは大刀を引っ提げ、稽古着姿のまま柳原通りの方へ走った。


そのとき、川田たち四人は柳原通りを新シ橋の方へむかって歩いていた。尾行しているふたりの武士に気付いていない。

柳原通りは、いつものように賑わっていた。様々な身分の者たちが行き交い、辻駕籠《かご》や駄馬を引く馬子などの姿もあった。

川田たち四人は新シ橋を渡って、外神田の神田川沿いの通りに出た。そして、筋《すじ》違御門《かいごもん》の方に歩きだしてすぐだった。

「おい！　後ろのふたり、おれたちを追ってくるぞ」

木村が声を上げた。

網代笠で顔を隠した武士がふたり、小走りに近付いてくる。

「大河内たちだ！」

すぐに、川田が叫んだ。そこは、以前川田たちが襲われた近くだったこともあり、川田の脳裏に大河内たちのことがよぎったのだ。

「ま、前からも」

佐原が声をつまらせて言った。

前方から、ふたりの武士が足早に近付いてくる。やはり、網代笠で顔を隠し、たっつけ袴に草鞋《わらじ》履きだった。

「四人だ！」

前後からふたりずつ、四人である。

「に、逃げられない！」

佐原が声を震わせて言った。顔から血の気が引いている。

四人は、通りの前後から川田たちに迫ってくる。以前、川田たちが襲われたときと同じ手だった。

「川岸を背にしろ！」

四人のなかで年嵩の木村が叫んだ。

川田たちは神田川を背にして立った。そこへ、通りの左右から四人の武士が走り寄り、川田たちを取りかこむように立った。

「やれ！」

巨軀の武士が、声を上げた。顔は見えなかったが、その体付きから大河内であることが知れた。

大河内が抜くと、三人の武士も次々に抜刀した。

近くを通りかかった大工らしい男と風呂敷包みを背負った行商人が、顔色を変えて逃げだした。

「おのれ！」

やむなく、木村が抜いた。木村の体は、恐怖と興奮で顫えていた。道場ではそこその腕だが、真剣勝負となると別である。

木村につづいて川田たち三人も抜刀したが、いずれも顔がひき攣《つ》り、刀身がワナワナと震えていた。

木村たち四人は、川岸を背にしてひとかたまりになっていた。四人とも青眼に構えていたが、腰がひけている。

木村の前に立った大河内は、八相に構えた。雷落しの構えでなく、刀身を立てている。木村たちを斬るのに、雷落しを遣うまでもないと思ったのかもしれない。他の三人は、青眼、平青眼、下段とそれぞれ別の構えをとっていた。いずれも遣い手らしく、隙のない構えで腰が据わっている。

イヤアッ！

突如、大河内が裂帛の気合を発し、踏み込みざま斬り込んだ。

八相から袈裟へ――。

刃唸りをたてて、木村を襲う。

木村は慌てて身を引いた。だが、一瞬間に合わなかった。

ザクッ、と木村の着物が肩先から胸にかけて裂けた。あらわになった肌に血の線が浮き、ふつふつと血が噴いた。

大河内につづいて、中背の武士が相対した若林に斬り込もうとしたとき、

「待て！」

新シ橋の方で、大きな声が聞こえた。

中背の武士は動きをとめて、新シ橋の方に顔をむけた。男たちが四人、走ってく

る。

2

「お師匠たちだ！」

木村が叫んだ。

大河内たちは身を引いて間合をとると、新シ橋の方へ顔をむけた。

走り寄る四人のなかから、

「おれが相手だ！」

と、大声がひびいた。巨漢の永倉である。

駆け寄ってくるのは、彦四郎、永倉、島津、それに佐太郎だった。このとき、佐太郎は彦四郎たち三人の後ろにまわっていた。斬り合いは、彦四郎たち三人にまかせようとしたのである。

「迎え撃て！」

大河内が声を上げて反転すると、中背の武士も踵をかえして、走り寄る彦四郎たちに体をむけた。

彦四郎たち三人は、大河内たちと五間ほどに近付いてから抜刀した。

大河内には、彦四郎が相対した。永倉が中背の武士の前に立ち、島津は川田に刀をむけているずんぐりした体軀の武士の背後にまわり込んだ。

「太刀打ちできぬ！」

ずんぐりした体軀の武士がうわずった声を上げ、慌てて脇に逃げた。無理もない。前方の川田はともかく、背後からの島津に斬り込まれたらかわしようがないだろう。かといって、反転して島津にむかえば、背後から川田の斬撃を受けることになる。

「おい、返り討ちだぞ！」

つづいて、中背の武士が叫んだ。

中背の武士も、前に永倉、背後から若林に切っ先をむけられていたのだ。

大河内たちにとって、四対七だった。しかも、前後から挟み撃ちのような状況である。

「引け！」

大河内が叫んだ。

その声で、中背の武士が脇に逃げようとした。

「逃がすか！」

叫びざま、永倉がいきなり袈裟に斬り込んだ。一瞬の太刀捌きである。

中背の武士の肩から背にかけて小袖が裂け、あらわになった背に血の線が浮いた。

だが、かすり傷だった。

中背の武士は、脱兎《だっと》のごとく逃げた。大河内と他のふたりも駆けだした。

「待て！」

永倉が追ったが、大河内たちとの間はなかなか縮まらなかった。永倉は三十間ほど追ったが、諦めて足をとめた。抜き身を引っ提げたまま、ハア、ハア、と荒い息を吐いている。

彦四郎は、すぐに背後にいた佐太郎を呼んだ。

「佐太郎、やつの跡を尾けて行き先をつきとめてくれ」

居所をつきとめれば、いつでも仕掛けられる。

「合点《がってん》で」

佐太郎は、大河内たちの後を追って走りだした。足は速い。何とか追いつけるだろう。

彦四郎は佐太郎の背を見送った後、木村のそばに歩み寄った。着物が裂け、血の色があるのを目にしたのだ。

「木村、斬られたのか」

彦四郎が訊いた。

木村を取りかこんだ川田や島津たちが、心配そうな顔をしている。

「かすり傷です」

そう言って、木村が笑おうとしたが顔がひき攣《つ》ったようにゆがんだだけだった。まだ、真剣勝負の気の昂りと恐怖が、残っているらしい。

「深手ではないようだ」

かすり傷ではないが、皮肉を浅く裂かれただけらしい。

彦四郎は、その場にいる門弟たちに、

「だれか、手ぬぐいを持っているか」

と、訊いた。彦四郎は稽古着のまま駆け付けたので、手にしているのは刀だけだった。

「これを使ってください」

川田が懐から手ぬぐいを取り出した。

彦四郎は、手ぬぐいを折り畳んで傷口に当ててやり、

「家に帰ったら傷口を洗い、新しい手ぬぐいを当てておくといい」

と、言い添えた。

彦四郎、永倉、島津の三人は、念のために川田たち四人を御徒町通りまで送ってやった。

そのころ、佐太郎は大河内たち四人を尾けていた。

大河内たちは、神田川沿いの通りを足早に湯島の方にむかっていく。

筋違御門の前を通り過ぎると、昌平橋のたもとから中山道《なかせんどう》に入り、本郷の方に足をむけた。

……どこまで行く気だい。

佐太郎は、大河内から一町ほど間をとって尾けた。佐太郎は町人だったこともあり、街道を行き来するひとの流れに紛れて歩いていれば、気付かれる恐れはなかった。

前方左手に湯島の聖堂が見えてきた。さらに、大河内たちは中山道を北にむかって歩いていく。

陽《ひ》は西の家並の向こうに沈んでいた。そろそろ暮れ六ツ（午後六時）の鐘が鳴るだろうか。旅人、駕籠、仕事を終えた出職《でしょく》の職人、大工などが足早に通り過ぎていく。

大河内たちは、聖堂の裏手を通り過ぎて間もなく路傍に足をとめた。そこは、四《よつ》辻《つじ》になっていた。

大河内たち四人は四辻の手前で何やら言葉を交わした後、三方に別れた。大河内は中山道を本郷の方にむかい、中背の武士が右手に、残るふたりの武士が左手におれた。

……どいつを、尾けりゃァいいんだい。

佐太郎は迷ったが、左手におれたふたりの跡を尾けることにした。うまくすれば、ふたりの住居《すまい》をつきとめられると踏んだのである。

ふたりの武士は、何やら話しながら武家屋敷のつづく通りを南にむかった。ひとりはずんぐりした体軀で、もうひとりは痩身だった。

二町ほど歩いたとき、ふたりの武士は武家屋敷の木戸門の前で足をとめた。軽格の御家人の屋敷だろうか。粗末な木戸門で、屋敷も小体《こてい》だった。

ずんぐりした体軀の武士が門の前で網代笠をとり、木戸門の門扉を押してなかに入った。閂《かんぬき》はかってなかったらしい。

もうひとりの痩身の武士は、そのままさらに南にむかって歩いた。

佐太郎は、木戸門の前まで来ると足をとめ、

……ここが、やつの塒《ねぐら》かい。

とつぶやき、門や屋敷に目をむけたが、すぐにその場を離れ、通りの先を行く痩身の武士の後を追った。痩身の武士の住居も、つきとめるつもりだった。

前方に神田川が見えてきた。もっとも、水嵩がすくないので川面《かわも》は見えず、川岸に群生している葦《あし》が見えるだけである。

痩身の武士は、神田川に突き当たる手前で足をとめた。右手に、簡素な木戸門がある。武士は通りの左右に目をやってから、門扉をあけてなかに入った。やはり、御家人の屋敷らしい。先ほど入った武士の屋敷と同じような造りだった。家禄《かろく》も、あまり変わらないのだろう。

佐太郎は木戸門の前まで来ると、
……ふたりの塒をつかんだぜ。
と胸の内でつぶやき、その場を離れた。
佐太郎は、明日出直すつもりだった。付近で聞き込めば、ふたりが何者か知れるだろう。

3

佐太郎が、千坂道場に顔を出したのは、大河内たちの跡を尾けた二日後だった。七ツ（午後四時）を過ぎていたので、彦四郎は道場にいなかった。

佐太郎は母屋にまわってみた。母屋の前の庭に太い榎《えのき》が一本だけあって、枝葉を茂らせていた。榎の幹の樹肌に削られたような痕《あと》がある。里美が、子供のころから剣術の稽古のために木刀でたたいた傷痕である。ちかごろは、お花が里美の真似をして、榎の前に立って、木刀で幹をたたくことがあった。庭の榎は、母子《おやこ》二代にわたって剣術の相手になっているのだ。

そのお花の声が、縁側につづく座敷から聞こえた。男の話し声もした。そこに、彦四郎もいるらしい。

佐太郎は縁側の前に立ち、若師匠、と声をかけた。すると、畳を踏むちいさな音がし、障子があいた。顔を出したのは、お花である。

「佐太郎さんだ！」

お花が声を上げた。

すぐに、彦四郎と藤兵衛が顔を見せた。彦四郎と藤兵衛で話していたようだ。

ふたりの男は縁側に出てきて、腰を下ろすと、

「佐太郎、何か知れたか」

と、彦四郎が訊いた。

お花は彦四郎の膝の上に腰を下ろし、佐太郎を見上げている。奥で水を使う音がするので、里美は台所にいるのかもしれない。

千坂家には、おくまという五十がらみの女が、炊事洗濯などの手伝いに来ていた。おくまは近所に住む大工の女房だったが、亭主が死んだ後、藤兵衛に頼まれて千坂家に出入りするようになったのである。

おくまは里美が子供のころから来ていたこともあって、下働きというより、家族のような存在だった。ただ、里美が彦四郎といっしょになり、台所にも立つようになると、おくまの足もすこし遠のき、ちかごろは姿を見せないこともあった。

「ふたり、知れやした」

佐太郎が、川田たちを襲った四人の武士の跡を尾け、ふたりの屋敷をつきとめたこと、さらに翌日、ふたりの屋敷の近くで聞き込んだことなどかいつまんで話し、

「ひとりは、久保《くぼ》平八郎《へいはちろう》、七十石の御家人で、非役だそうでさァ」

と、言い添えた。

「もうひとりは？」

「堀川安蔵《ほりかわやすぞう》。こちらは、八十石の御家人の冷や飯食いで」

佐太郎が言った。

「ふたりとも、聞いたことのない名だ」

彦四郎は藤兵衛に目をむけ、「義父上《ちちうえ》は、ご存じですか」と、訊いた。

「わしも、知らんな」

「佐太郎、ふたりのことで何か知れたことはあるか」

彦四郎が訊いた。

「近所の屋敷に奉公してる中間《ちゅうげん》から聞いたんですがね。ふたりは、よくいっしょに出かけるそうですぜ」

「どこに出かけるのだ」

「はっきりしねえが、剣袋を持って出かけることがあるんで、剣術道場じゃァねえかと言ってやした」

「どこの道場か、分かるか」

彦四郎の脳裏に、三橋道場のことがよぎった。三橋道場は本郷にあり、湯島からは近い。ただ、近いというだけで、久保や堀川が三橋道場とかかわりがあると決めつけることはできなかった。

「あっしも、道場のことを訊いてみやしたが、中間は知らねえで」

「そうか」

彦四郎が口をつぐむと、

「そのふたり、三村を斬り殺した仲間とみていいのだな」

藤兵衛が念を押すように訊いた。

「川田たちを襲ったのですから、まちがいないはずです」

　彦四郎が答えた。

「ならば、ふたりの跡を尾ければ、大河内たちの居所も知れるし、出入りしている剣術道場も分かるのではないか」

「あっしも、そうみてやす」

　佐太郎が、もっともらしい顔をして言った。

「どうだ、弥八にも頼んで、しばらく久保と堀川の跡を尾けてみるか」

　藤兵衛が言った。

「ありがてえ、親分もいっしょなら心強《づえ》えや」

　佐太郎は、弥八の下っ引きをしていたことがあり、いまでも弥八のことを親分と呼んでいる。

「明日には弥八と会って、わしから話しておこう」

　ふだん、弥八は甘酒を売っているが、暑い季節になると、日本橋十軒店本石町《じっけんだなほんこくちょう》で冷や水を売っていた。まだ、初秋なので、冷や水売りをしているだろう。弥八は事件にかかわったときだけ、岡っ引きとして動くのである。

「あっしも、お供しやしょうか」

「そうしてくれ」

藤兵衛は、久保と堀川のことを佐太郎から話させれば、分かりが早いと思った。


翌朝、藤兵衛は佐太郎を連れて十間店本石町に足をむけた。

十間店本石町は雛市《ひないち》がたつことで知られ、通り沿いには人形店が目に付いたが、それほどの人出はなかった。いまは初秋で、人形を買い求める雛祭も端午《たんご》の節句も終わっていたからである。

「お師匠、あそこに、親分が」

佐太郎が通りの先を指差した。

弥八は人形店の脇で、冷や水を売っていた。立っている弥八の前に、冷や水の入った桶《おけ》とちいさな屋台が置いてあった。屋台には、冷や水に入れる白玉や茶碗が入っている。

屋台の前で、母親と子供が冷や水を飲んでいた。

藤兵衛たちは、すこし離れた路傍に立ち、親子が立ち去るのを待ってから弥八に近付いた。

「旦那、あっしに何か用ですかい」

弥八が藤兵衛と佐太郎に目をむけながら訊いた。

弥八は三十代半ばだった。ふだん、甘酒や冷や水を売り歩いているせいか、陽に灼《や》けた浅黒い顔をしていた。

「また、頼みがあるのだ」

藤兵衛が言うと、

「親分、ちょいと、厄介な仕事なんでさァ」

佐太郎が小声で言い添えた。

「そこの人形店の脇に行きやしょう」

弥八は、冷や水の入った桶と屋台を天秤《てんびん》で担いだ。人通りのあるところで、込み入った話はできないとみたようだ。

二軒の人形屋の間に、細い路地があった。人影のない裏路地である。

弥八は担いでいた天秤を肩からはずすと、

「何かありやしたか」

と、小声で訊いた。

「実は、道場の門弟たちが何人かの武士に襲われてな。三村が、斬り殺されたのだ」

藤兵衛は、川田たち若い門弟が襲われたことや三村が斬殺されたことをかいつまんで話した。

「襲ったやつらは、分かってるんですかい」

「四、五人いるようだ。名の知れている者もいる」

藤兵衛は、大河内、久保、堀川の名を口にした。

「そいつら、牢人ですかい」

弥八が訊いた。

「牢人ではないようだ。久保と堀川は、御家人らしい」

「なんで、千坂道場の門弟の命を狙ってるんです」

「それが、分からんのだ。……道場に恨みがあるとも思えんし、金品を要求しているのでもない」

藤兵衛は首をひねった。

「それで、あっしは何をすればいいんで」

弥八が訊いた。

「久保と堀川を尾けてな、他の仲間の住居《すみか》を探って欲しい。それに、そやつらがかかわっている剣術道場を知りたい。……剣術道場が裏で動いているような気がするのだ」

藤兵衛が言うと、

「親分、久保と堀川の塒はつかんでいやす」

佐太郎が、身を乗り出すようにして言った。

「どうだ、弥八、やってくれるか」

「ですが、あっしは坂口の旦那に内緒で、勝手に動くわけにはいかねえし……」

弥八は戸惑うような顔をした。

「坂口には、わしから話しておく」

「それならいいが……」

弥八は、まだ渋っていた。

「しばらく、冷や水売りもできまい」

そう言うと、藤兵衛は財布を取り出し、一分銀を二枚取り出した。弥八が渋っているのは、当分冷や水売りができなくなり、暮らしの糧を失うとみたのである。それに、藤兵衛は弥八に探索を頼むときは、いつも相応の金を渡していたのだ。

「やりやしょう」

弥八が、一分銀を受け取った。

「佐太郎にも、まだ渡してなかったな」

藤兵衛は、佐太郎にも一分銀を二枚渡した。

「ありがてえ、これで、当分めしのことは心配しねえですみやす」

佐太郎が、一分銀を手にしてニンマリした。

4

「親分、やつだ!」

佐太郎が声を殺して言った。

木戸門から、久保が出てきたのだ。久保は羽織袴姿だった。手ぶらである。

佐太郎と弥八は、湯島に来ていた。久保の屋敷を路傍の樹陰に身を隠して見張っていたのである。

佐太郎たちは、朝からこの場に来て見張っていたが、なかなか久保は姿を見せなかった。ふたりが見張り始めて二刻（四時間）ほども過ぎたろうか。佐太郎たちが、昼めしでも食いに行くかと話し始めたとき、やっと姿を見せたのである。

久保は路地に出ると、ゆっくりとした足取りで、神田川の方へ歩いていく。

佐太郎たちは、樹陰から出て久保の跡を尾け始めた。

久保は、小体な武家屋敷の木戸門の前で足をとめた。堀川の住む屋敷である。久保は、門扉をあけてなかに入った。

「親分、堀川の家に入《へえ》っちまいやしたぜ」

佐太郎が、うんざりした顔で言った。また、屋敷を見張ることになると思ったようだ。

だが、すぐに屋敷の引き戸をあける音がし、男の話し声が聞こえた。ふたりの足音が、門の方へ近付いてくる。

「出てきたぞ」

弥八が言った。

木戸門から姿をあらわしたのは、久保と堀川だった。ふたりは、何やら話しながら神田川の方へ歩いていく。

「佐太郎、尾けるぞ」

「へい」

ふたりは、半町ほど間をとって久保たちの跡を尾け始めた。

久保たちは、神田川沿いの通りに出ると、昌平橋の方へ足をむけた。

「親分、やつら、どこへ行く気ですかね」

「分からねえ。尾けてみるしかねえな」

ふたりは、通り沿いの店の角や樹陰などに身を隠して久保たちの跡を尾けていく。

久保たちは、湯島の聖堂の前を通り過ぎ、しばらく川沿いの道を歩いてから料理屋らしい店の前で足をとめた。二階建ての大きな店である。ふたりは通りの左右に目をやってから店に入った。

「親分、やつらめしでも食いに来たんですかね」

「めしを食いにきたわけじゃァあるめえ。……近付いてみるか」

弥八と佐太郎は、料理屋らしい店に足をむけた。

やはり、料理屋だった。店先に暖簾《のれん》が出ていた。洒落《しゃれ》た格子戸の脇に掛け行灯《あんどん》があり、三春屋《みはるや》と記してあった。戸口の脇に、松の植木とつつじの植え込みがあり、石灯籠《いしどうろう》と籬《まがき》が配置されていた。老舗《しにせ》らしい落ち着いた雰囲気のある店である。

弥八たちは三春屋の前を通り過ぎ、店先から離れてから足をとめた。

「久保たちは、飲みにきたようですぜ」

佐太郎が言った。

「ふたりだけで、飲むわけがねえ。この店で、仲間と会うかもしれねえな」

「親分、どうしやす」

「仲間が集まれば、そいつらの跡を尾けて塒《ねぐら》をつきとめられるぜ」

「店を見張るんですかい」

「そうだな」

「いつ出てくるか、分かりませんぜ」

佐太郎は眉を寄せ、あっしは、腹がへっちまって、と小声で言った。

「ふたりで雁首《がんくび》をそろえて、店を見張っていることもあるめえ。佐太郎、おめえが先にめしを食ってこい。近くに、そば屋か一膳めし屋があるだろう。おめえがもどるまで、おれが店を見張ってるよ」

弥八は、通りの左右に目をやり、

「あそこに、柳の陰にいるぜ」

と言って、神田川の岸際の柳を指差した。

三春屋から三十間ほど離れた岸際に、柳が枝葉を茂らせていた。その樹陰から、弥八は三春屋の店先を見張るつもりらしい。

「親分、あっしが先でいいんですかい」

「いいさ。早く食って、もどってこい」

「へい」

佐太郎は、小走りにその場を離れた。

弥八は柳の陰に身を隠し、三春屋の店先に目をやった。時とともに、商家の旦那ふうの男、大工の棟梁《とうりよう》らしい男、武士などが、ひとりふたりと店に入っていった。なかには、駕籠で来る者もいた。

弥八は、武士が店先に立つと目を凝《こ》らしたが、久保たちの仲間かどうか見極められなかった。

佐太郎は、半刻（一時間）ほどしてもどってきた。

「近くに、めしの食える店があったかい」

弥八が佐太郎に訊いた。

「へい、三町ほどいったところに、そば屋がありやした。あっしは、そこで」

「おれも、そこで腹拵《はらごしら》えをしてくらァ」

そう言い置いて、弥八はその場を離れた。

弥八も、半刻ほどして柳の樹陰にもどってきた。

「やつら、まだ出てこねえのか」

すぐに、弥八が訊いた。

「へい、姿を見せやせん」

「そろそろ、出てきてもいいころだがな」

陽は、西の空にまわっていた。

弥八が樹陰にもどり、ふたりでしばらく見張りをつづけた後だった。

「親分、出てきた！」

佐太郎が声を殺して言った。

三春屋の店先から、店の女将らしい年増《としま》につづいて何人かの武士が姿を見せた。五人いる。いずれも羽織袴姿の武士だった。

「久保と堀川がいやす！」

佐太郎が、うわずった声で言った。

「他の三人に、見覚えはあるかい」

弥八が訊いた。

「見覚えのあるやつは、いねえ……」

遠方なので顔がはっきりしなかったが、見覚えのある武士はいなかった。

ひとりは、恰幅のいい武士で年配のように見えた。他のふたりは、三十がらみのようだったが、はっきりしない。

五人の武士は、女将に見送られて店先を離れた。五人とも、神田川沿いの道を湯島の聖堂の方にむかって歩いていく。

「尾けるぜ」

弥八と佐太郎は柳の樹陰から出て、五人の武士の跡を尾け始めた。

五人は聖堂の手前まで行くと、二手に分かれた。久保と堀川は、そのまま川沿いの道を歩き、他の三人は右手におれた。右手の道は中山道につながり、聖堂の裏手を通って本郷へと延びている。

「親分、どうしやす」

佐太郎が訊いた。

「三人を尾けるんだ。久保と堀川は、塒に帰《けえ》るだけだよ」

弥八と佐太郎は、聖堂の手前で右手におれた。

前を行く三人は中山道に出て、本郷の方へ足をむけた。

三人の武士は本郷に入り、加賀百万石、前田家の上屋敷の手前まで来ると、左手の通りに入った。そこは武家地で、通り沿いに小身の旗本や御家人の屋敷がつづいていた。人影はまばらで、ひっそりしている。

三人の武士は、通りをしばらく歩いてから右手の細い路地にまがり、路地沿いにあった大きな家に入った。店屋でも借家ふうの家でもない、家の側面が板壁になっていて、武者窓がついていた。

「け、剣術道場だ！」

佐太郎が声を上げた。千坂道場に通っていたので、その造りからすぐに剣術道場と分かったのだ。

道場のつづきには、母屋らしい家もあった。道場も母屋も、千坂道場より大きかった。

「三橋道場かもしれねえ」

佐太郎は、彦四郎から三橋道場は本郷にあると聞いていたのだ。念のために、佐太郎と弥八は通りかかった中間に訊いてみると、やはり三橋道場とのことだった。

「親分、若師匠に知らせやしょう」

佐太郎が昂った声で言った。

「おめえから話してくんな」

佐太郎と弥八は、そんなやり取りをしながら来た道を引き返した。

5

千坂道場は薄暗かった。門弟たちが帰って半刻（一時間）ほど過ぎている。七ツ半（午後五時）を過ぎたころだが、夕暮れ時のようだった。空が厚い雲で覆われているせいであろう。道場のなかは稽古中と打って変わって静寂につつまれていたが、男たちが残した汗の臭いとかすかな温気《うんき》が、稽古の激しさを物語っている。

道場内には、彦四郎、永倉、佐太郎、それに藤兵衛の姿があった。午後の稽古が終わり、門弟たちが道場を出た後、佐太郎が顔を見せたのだ。

佐太郎は、弥八とふたりで久保の家を見張り、久保と堀川の跡を尾けたことから、湯島の三春屋から出てきた三人の武士を本郷まで尾けたことなどを一通り話し、

「三人とも、三橋道場に入りやした」

と、言い添えた。

「やはり、三橋道場か」

彦四郎の顔が厳しくなった。

「三人の名は知れないのだな」

藤兵衛が訊いた。

「へい、まだ、三人が道場に入ったのを見ただけなんで」

佐太郎が首をすくめた。

「いずれにしろ、三橋道場の者が道場破りに来たり、門弟たちを襲ったりしているわけだな」

藤兵衛の顔に、怒りの色が浮いた。

「おい、三橋道場は、同じ一刀流の道場として千坂道場の評判を落とそうとしているのではないか。己の道場の名声を上げ、門弟を増やすためにな」

永倉が身を乗り出すようにして言った。

「この道場の評判を落とすために、道場破りに来たことは分かるが、若い門弟を狙うことはあるまい。狙うなら、彦四郎や師範代の永倉だけでいい」

藤兵衛が言った。

「義父上《ちちうえ》のおっしゃるとおりです。……門弟たちを斬っても、三橋道場に益はないでしょう」

彦四郎は、千坂道場の評判を落とすだけでなく他の理由もあるような気がした。

「わしが、探ってみようか」

「義父上が」

「そうだ。わしなら、彦四郎や永倉とちがって、三橋道場の者に気付かれまい。それに、彦四郎たちふたりは、道場で門弟たちの稽古をみねばならないからな」

「お師匠、あっしもお供しやす」

佐太郎が声を大きくして言った。

「佐太郎、いっしょに行くか」

「へい、親分にも話しやす」

佐太郎は、弥八に内緒で藤兵衛とふたりだけで行くわけにはいかないと思ったようだ。

「では、三人で――」

「お師匠、いつにしやす」

「明日だな。早い方がいいからな」

藤兵衛が言った。


翌日陽が高くなってから、藤兵衛と佐太郎は千坂道場を出て本郷にむかった。昨日、藤兵衛は千坂道場に泊まったのである。

佐太郎の話だと、弥八は昌平橋のたもとで待っているそうだ。

藤兵衛は小袖にたっつけ袴で、網代笠をかぶっていた。旅装の武士のようである。念のために身装《みなり》を変えたのである。

藤兵衛たちは、柳原通りを昌平橋の方へむかった。

昌平橋のたもとで、弥八が待っていた。藤兵衛たちの姿を見ると、小走りに近寄ってきて、

「旦那、お供しやす」

と言って、藤兵衛に跟《つ》いて歩きだした。

藤兵衛たち三人は、昌平橋を渡って中山道に入った。晴天のせいもあるのか、街道は人通りが多かった。近所の住人らしい者たちに交じって、旅人、駄馬を引く馬子、駕籠、旅装の武士などが目に付いた。

藤兵衛たちは聖堂の裏手を通って、本郷にむかった。やがて、前方右手に前田家の上屋敷が迫ってくると、

「こっちでさァ」

佐太郎は左手の通りに入った。武家屋敷のつづく通りをしばらく歩いてから細い路地に入ると、佐太郎が足をとめ、

「あれで」

と言って、路地沿いにある道場を指差した。

かすかに、竹刀を打ち合う音や気合などが聞こえてきた。何人かが、竹刀を遣って稽古をしているらしい。

「朝の稽古かな」

藤兵衛が、頭上に目をやって言った。陽は南天近くにあった。四ツ半（午前十一時）ごろであろうか。

「近付いてみますか」

「そうだな」

藤兵衛たち三人は、通行人を装って道場に近付いた。

しだいに、稽古の音がはっきり聞こえるようになってきた。竹刀を打ち合っているのは、四人であろうか。千坂道場の稽古にくらべると静かで、稽古をしている人数もすくないようだった。

藤兵衛たちは、道場の者に気付かれないよう、歩調をすこし緩めただけで、道場の前を通り過ぎた。

藤兵衛たちは、道場から一町ほど離れたところで足をとめた。

「やけに静かだが、残り稽古でもやってたんですかね」

佐太郎が揶揄《やゆ》するように言った。

「打ち合い稽古のようだったが……。稽古をしている門人がすくないようだ。……門弟は五、六十人いると聞いていたがな」

藤兵衛が腑《ふ》に落ちないような顔をした。

「旦那、どうしやす」

弥八が訊いた。

「道場の様子を探ってみるか」

藤兵衛は路地の先に目をやり、二町ほどいった先に稲荷《いなり》の赤い鳥居があるのを目にすると、

「どうだ、一刻（二時間）ほどしたら、あそこの稲荷に集まることにして、別々に聞き込んでみないか」

と、弥八と佐太郎に言った。

「聞き込みなら、あっしと親分でやりやすよ。お師匠は、稲荷で休んでてくだせ

え」

佐太郎が、藤兵衛を気遣うように言った。

「そう、年寄り扱いするな。……もっとも、わしがいては、ふたりの足手纏《あしでまと》いになるかもしれんな」

藤兵衛が苦笑いを浮かべて言った。

そんなやり取りをして、藤兵衛たち三人は、その場で別れた。

藤兵衛は弥八と佐太郎が道場の方へもどって行くのを見て、稲荷の方に足をむけた。稲荷で休むのではなく、弥八たちとは別の場所で訊いてみようと思ったのだ。

6

稲荷の手前に、小体な八百屋があった。その辺りから先は、町人地になっているらしい。

店の親爺《おやじ》らしい男が、長屋の女房らしい女と話していた。女は青菜を手にしている。客らしい。

藤兵衛が八百屋に近付くと、女は青菜を手にしたまま店先から離れた。

「店のあるじか」

藤兵衛は網代笠を取って、親爺に声をかけた。

「へい、何かご用で……」

親爺が、怪訝な顔をした。年寄りの武士に、突然を声をかけられたからであろう。

「つかぬことを訊くが、あそこに剣術道場があるな」

「ありやすが」

「一刀流の三橋道場だな」

「そうで……」

「さきほど、むかし、わしと同じ道場の門弟だった男が入るのを目にしたのだが、三橋道場の門弟なのか。……名は大河内源十郎だ」

藤兵衛は、大河内の名を出した。大河内が、道場の門弟かどうか知りたかったのである。

「大河内さま……」

親爺は、首をひねった。

「六尺はあろうかという大柄な男だ」

「あの、大河内さま」

親爺が眉を寄せた。大河内を嫌っているようだ。

「門弟なのか」

「門弟じゃァねえが、道場に寝泊まりしているようですよ。それに、門弟に稽古をつけてるって聞いたことがありやす」

「道場に寝泊まりしているのか」

食客だろう、と藤兵衛は思った。

「牢人かな」

「……いまは、どうか知りませんが、大名のご家来だったようですよ」

「島中藩であろう」

藤兵衛は、大河内が雷落しを遣うとみていた。雷落しは、島中藩の領内にひろまる鬼斎流の刀法だという。そのことからも、大河内は島中藩士だったとみていいのではあるまいか。

「藩の名は、知りませんが……」

親爺は、首をひねった。

それから、藤兵衛は親爺に久保や堀川のことも訊いてみたが、親爺は知らないようだった。

八百屋の前から離れた藤兵衛は、他の店に立ち寄ったり、通りかかった御家人らしい武士に訊いてみたりしたが、たいした話は聞けなかった。分かったことといえば、ちかごろ三橋道場をやめる門弟が多く、五、六年前から比べると門弟が半数ほどになっているのではないかという。

藤兵衛は、通りかかった中間に、

「なぜ、門弟がすくなくなっているのだ」

と、訊いてみた。

「先代の庄兵衛《しょうべえ》さまが亡くなった後、八右衛門さまが道場を継ぎましてね。それから、評判が落ちたようですよ。何ですか、八右衛門さまは、それほどの腕ではないそうで」

中間が、口許に薄笑いを浮かべて言った。

「よく知っているな」

「近所で奉公してやしてね。いろいろ噂が、耳に入《へえ》ってくるんでさァ」

中間は、近所の旗本屋敷に仕えているという
それなら道場のことに詳しいだろうと思い、藤兵衛は久保や堀川のことも訊いてみたが、中間は知らなかった。

藤兵衛が稲荷に行くと、弥八と佐太郎が待っていた。ふたりは、稲荷の祠《ほこら》の前の短い石段に腰を下ろしていた。

「待たせたかな」

「あっしらも、来たばかりでさァ」

弥八が立ち上がって言った。

「どうだ、歩きながら話すか」

藤兵衛は、どこか手頃なそば屋でもみつけて、腹拵えをしようと思った。九ツ半（午後一時）ごろになるのではあるまいか。

藤兵衛がどこかで腹拵えをしたいと口にすると、

「そうしやしょう」

佐太郎が、すぐに言った。

藤兵衛たち三人は、稲荷の鳥居をくぐって路地に出ると、来た道を引き返した。三橋道場はひっそりとして、竹刀を打ち合う音も気合も聞こえなかった。まだ、午後の稽古は始まっていないのだろう。

「大河内は、三橋道場に寝泊まりしているようだな」

そう切り出し、藤兵衛が聞き込んだことを話した。

つづいて、弥八が、

「道場の門弟だったというお侍から聞いたんですがね」

と前置きして話しだした。

「大河内は、島中藩の家臣だったそうですよ。……もっとも軽い身分で、剣術の修行と称して江戸に出たそうでさァ。島中藩の家臣が、門弟として三橋道場に出入りしていることもあって、何年か前から道場に寝泊まりするようになったようで」

「やはり、そうか。……ところで、堀川と久保のことで何か知れたか」

藤兵衛が訊いた。

「へい、ふたりとも御家人で、三橋道場の古い門弟だそうで」

「うむ……。道場破りには、重村長右衛門と枝野権八郎と名乗った男がいたが、ふたりも門弟か」

「そうらしいが、あっしが訊いたお侍は、ふたりの名だけしか知らねえでさァ。道場には、滅多に顔を出さないようでしてね」

そのとき、佐太郎が脇から、

「重村と枝野のことは、あっしが聞きやしたぜ」

と、口をはさんだ。

「ふたりのことで、何か知れたか」

「へい、重村は先代の庄兵衛のころ師範代だったが、先代が亡くなると、師範代をやめちまったらしい。いまは、ときどき道場に姿を見せるだけらしいんで」

「枝野は？」

「枝野も、重村と似てまさァ。……先代のころは、腕の立つ門人として知られていたようですがね。いまは、重村といっしょにときどき道場に顔を出すだけらしいや」

「ふたりの住居《すみか》は、分かるのか」

「そこまでは分からねえ」

佐太郎が首をひねった。

そんなやりとりをしながら歩いているうちに、藤兵衛たち三人は昌平橋のたもとまで来ていた。

「お師匠、あそこにそば屋がありやすぜ」

佐太郎が、声を上げて指差した。

見ると、表店の並ぶ一画にそば屋があった。二階建ての大きな店である。

「あそこにするか」

「へい」

三人の足が、急に速くなった。

第四章　襲撃

1

「瀬川、坂井、訊きたいことがあるのだがな」

彦四郎が声をかけた。

午後の稽古を終え、ふたりが着替えの間から出てきたところだった。

瀬川と坂井は足をとめ、師範座所にいる彦四郎のそばに来た。座所の脇には、永倉の姿もあった。

彦四郎は師範座所から稽古場に下り、

「そこに腰を下ろしてくれ」

瀬川たちに言ってから、自分でも床に座った。

すぐに、永倉も彦四郎の脇に膝を折った。

「島中藩の指南役の話だがな、どうなった」

彦四郎が訊いた。

「はい、松波さまからお聞きしたのですが、お師匠に決まりそうです。……それに、里美さまにも、来ていただきたいような口振りでした」

瀬川が目をかがやかせて言った。

「それで、三橋道場と関山道場は、どうなるのだ」

彦四郎は、島中藩から三橋道場にどのような話がいったのか、知りたかったのだ。

「関山道場には、指南役の話はなかったことにしてくれ、と御留守居さまから話がいったと聞いています」

「三橋道場には？」

「まだ、何の話もしてないようです。……実は、家中に三橋道場を強く推す者たちがいまして」

瀬川が言いにくそうな顔をした。

すると、瀬川の脇で聞いていた坂井が、口をはさんだ。

「田代さまが、殿やご家老にしきりに三橋道場を推しているようです。それに、菊池どのをはじめ鬼斎流一門の者たちが……」

「うむ……」

田代忠次が、三橋道場を推していることは知っていた。鬼斎流一門の者たちは、御前試合で破れたことを根にもって、三橋道場を推すようになったのかもしれない。

「菊池どのたちは、里美さまとお花どののことで、千坂道場は女子供を使って殿に取り入ろうとしている、などと言いまわっているのです」

瀬川が悔しそうな顔をした。

「里美や花のことまで、口にしているのか」

彦四郎の顔に怒りの色が浮いた。

彦四郎は、指南役の座にはそれほど拘《こだわ》っていなかった。ただ、指南役の座をめぐって、里美やお花を中傷したり、三橋道場の者が千坂道場の若い門弟を襲うような真似だけは断じて許せなかった。

「里美どのも、お花どのも、藩の方から話があったから行ったのだぞ」

永倉も、憤怒に顔を赭黒く染めた。

道場内は、いっとき重苦しい沈黙につつまれていたが、

「ところで、大河内が鬼斎流を遣うことは知っているな」

彦四郎が声をあらためて訊いた。

「はい」

「どうやら、大河内は三橋道場の食客として道場に寝泊まりしているらしい。……島中藩の者たちのなかに、大河内と接触している者がいるのではないか」

「……いると思います」

瀬川が顔をしかめた。

「家中の鬼斎流の者たちか」

「そうだと思います。菊池どのも、ちかごろ藩邸からよく出かけているようなので、大河内と会っているかもしれません」

瀬川は大河内を呼び捨てにした。敵という思いがあるようだ。

「うむ……」

彦四郎は、千坂道場に敵意をもち、門弟たちの命を狙っている者たちのつながりが見えてきたような気がした。

三橋道場の主である八右衛門と食客で鬼斎流の遣い手である大河内、そのふたりが島中藩の側用人の田代や鬼斎流の菊池たちとつながって、指南役の座に八右衛門をつかせようと画策しているようだ。……

「瀬川、坂井、指南役のことだが、千坂道場を推すようなことを口にするな。菊池たちが反感をもつかもしれないからな」

彦四郎は、瀬川と坂井も大河内たちに狙われる恐れがあるのではないかと思った。

「はい」

瀬川と坂井が、うなずいた。ふたりの顔がこわばっている。大河内たちに襲われるかもしれないという危惧《きぐ》を覚えたのだろう。

彦四郎の予感は的中した。彦四郎と永倉が瀬川たちから話を聞いた三日後、瀬川と坂井が大河内たちに襲われたのだ。

場所は、日本橋橋本町だった。瀬川たちは馬喰町の町宿に住んでいたので、道場からの帰りに橋本町まで来たとき、大河内たちが物陰から飛び出し、いきなり斬りつけたのである。

ただ、ふたりとも命は助かった。瀬川が肩から胸にかけて斬られ、深手を負ったが命にかかわるような傷ではなかった。また、坂井は左の二の腕を浅く斬られただけで済んだ。

ふたりが、その程度の傷で済んだのは、大河内たちに襲撃されたとき、おりよく十数人の供を連れた旗本が近くを通りかかり、ふたりを助けたからである。

ふたりが大河内たちに襲われたことを知った彦四郎は、

「何か手を打たねばならないな」

と、永倉と島津を前にして言った。

「おれも、そう思う。このままでは、門弟たちは道場に通えなくなる」

島津が言うと、

「島中藩の指南役どころか、道場が先につぶれてしまうぞ」

永倉が怒りをあらわにして言った。

「襲われるのを待つのではなく、こちらから仕掛けるしかないな」

と、彦四郎。

「どうする？」

永倉が訊いた。

「まず、久保と堀川だ。ふたりを始末しよう」

ふたりの住居は分かっていた。すぐにも、仕掛けられる。

「斬るのか」

「ふたりの出方によってはな」

彦四郎は、久保たちが歯向かってくれば斬るしかないと思った。

2

彦四郎、永倉、島津、それに佐太郎の四人は、路地沿いの笹藪《ささやぶ》の陰に身を隠していた。

四人がいるのは、湯島の久保の屋敷の近くだった。久保が姿を見せたら、襲うつもりで家を見張っていたのだ。

佐太郎は久保の家を見張ったことがあり、この辺りのことに詳しかったので連れてきたのである。

「出てきやせんね」

佐太郎が、生欠伸《なまあくび》を嚙み殺しながら言った。

四ツ（午前十時）ごろだった。彦四郎たちがこの場に身をひそめて一刻（二時間）ほどになる。彦四郎たちは久保が出かける前に来るつもりで、朝暗いうちに千坂道場を出たのだ。

そこは寂しい路地だった。御家人や小身の旗本の屋敷があったが、空き地や笹藪などが目に付き、あまりひとは通らなかった。ときおり、羽織袴姿の武士や中間などが通りかかるだけである。

「あっしらが来る前《めえ》に、出かけちまったんですかね」

佐太郎が言った。

「朝早くから出かけるとは思えんな。久保は、非役だそうではないか」

永倉が言った。

「出かけたとしても、そのうちもどってくるだろう」

彦四郎がそう言ったときだった。

路地の先で、足音が聞こえた。羽織袴姿の武士がひとり、こちらに歩いてくる。

「若師匠、堀川だ！」

佐太郎が声を上げた。

「先に堀川を斬るか」

永倉が目をひからせて言った。

「待て、堀川は久保の家に来たのではないか」

「そうかもしれん」

「様子を見よう」

堀川と久保は、いっしょに出かけるのではあるまいか。ふたりいっしょに襲う手もある、と彦四郎は思った。

堀川は慣れた様子で、久保の家の木戸門の門扉をあけてなかに入った。

「堀川と久保が出てきたら、いっしょに仕掛けよう」

彦四郎が言うと、永倉と島津がうなずいた。さすがに、ふたりの顔には緊張の色があった。

彦四郎たちは袴の股だちを取り、刀の目釘《めくぎ》を確かめた。闘いの支度をととのえたのである。

それから、いっときすると、門扉があいて久保と堀川が路地に出てきた。

「こっちに来やす！」

佐太郎が、声を殺して言った。

久保と堀川は、何やら話しながら彦四郎たちがひそんでいる方に歩いてくる。

「おれと永倉が、前を塞《ふさ》ぐ。島津どのは、後ろにまわってくれ」

彦四郎が、小声で言った。

「承知した」

島津の双眸が、鋭いひかりを帯びていた。獲物を待つ猛獣のような目である。

久保と堀川が、しだいに近付いてきた。彦四郎たちには気付いていない。

彦四郎は、久保たちが十間ほどに近付いたとき、

「いくぞ！」

と永倉に声をかけ、路地に飛び出した。永倉がつづく。

島津は笹藪の陰をたどって、久保たちの背後にむかった。

久保と堀川が、ギョッ、としたように立ち竦《すく》んだ。

彦四郎と永倉は、久保たちの前に立って抜刀した。ふたりの刀身が陽を反射《はね》て、
ギラリとひかった。

「千坂だ！」

久保が叫び、刀に手をかけた。

堀川は後じさって、反転した。背後に、逃げようとしたらしい。

「後ろにもいる！」

堀川も刀に手をかけた。

背後から、島津が小走りに近付いてきた。すこし前屈《まえかが》みの恰好で、右手を刀の柄にかけている。

「久保、うぬらに襲われた門弟たちの敵を討たせてもらうぞ」

彦四郎が切っ先を久保にむけた。

「おのれ！」

久保が、ひき攣《つ》ったような声を上げて刀を抜いた。

一方、永倉は青眼に構え、堀川に切っ先をむけていた。

堀川も抜いたが、恐怖と興奮で腰が引け、刀身がワナワナと震えている。

「よ、寄せ」

堀川が、後じさった。

だが、その背後に島津が迫っていく。

イヤアッ！

突如、久保が甲走った気合を発し、彦四郎に斬り込んだ。

振りかぶりざま真っ向へ——。気攻めも間合の読みもない、唐突な仕掛けだった。

スッ、と彦四郎は身を引いた。

久保の切っ先は、彦四郎の五寸ほど先の空を切って流れた。次の瞬間、彦四郎の全身に斬撃の気がはしった。

タアッ！

鋭い気合を発し、彦四郎が刀身を横に払った。一瞬の太刀捌きである。

久保の左袖が横に裂け、あらわになった二の腕から血が噴いた。

ギャッ！　と、叫び声を上げ、久保は刀を取り落として後ろによろめいた。左腕が、ダラリと垂れている。

彦四郎が素早く久保に身を寄せ、

「動くな！」

と声を上げて、切っ先を久保の喉元にむけた。

久保は苦痛に顔をゆがめ、右手で左腕を押さえた。その指の間から血が流れ出、赤い筋を引いて地面に落ちた。

彦四郎は、命まで奪うことはないと思い、腕を斬ったのだ。

久保の腕の傷は、深いようだ。骨までは截断されていないが、しばらく刀は遣えないだろう。

この間に、永倉も堀川の太腿《ふともも》を斬っていた。堀川は地面に尻餅《しりもち》をつき、低い唸り声を上げている。

「久保、道場の門弟たちを襲ったのは、どういうわけだ」

彦四郎が、久保を見すえ訊いた。

「……………！」

久保は目をつり上げ、身を顫わせているだけで、口をひらかなかった。

「……島中藩の指南役になるためか」

彦四郎はそう訊いたが、指南役になるために門弟たちを襲ったとは思えなかった。

「そ、それもあるが、千坂道場が、三橋道場の若い門弟を引き抜いたからだ」

久保が喘《あえ》ぎ声を洩らしながら言った。

「門弟を引き抜いただと！　そのような覚えはないぞ」

「何人か、うちの門弟が、千坂道場に入門したはずだ」

「それは、入門者が己で判断して決めたことだ。おれたちは、三橋道場の者に声をかけたこともない」

彦四郎が強い口調で言った。

「だ、だが、三橋道場の門弟がすくなくなったのは、千坂道場のせいだ。それに、島中藩の指南役になるために、千坂道場では女子供まで藩邸に連れていって、若君にとり入ろうしたそうではないか」

久保が憎悪に顔をしかめて言った。

「女ふたりを連れていったのは、島中藩の依頼だ。……おれたちが、持ち出したことではない」

彦四郎が強い口調で言った。

「……………！」

久保は身を顫わせたまま口をつぐんだ。

「久保、三橋や大河内たちに言っておけ。今後、千坂道場の者に手を出せば、道場に乗り込んで斬るとな」

彦四郎は、めずらしく怒りの色をあらわにして言った。

「行け！」

彦四郎の声で、久保はよろよろと歩きだした。

「おれたちも、引き上げるか」

彦四郎が永倉と島津に声をかけた。

「堀川はどうする」

永倉が訊いた。堀川は、まだ地面にへたり込んでいる。

「そのままでいい」

彦四郎は、勝手に屋敷へ帰るだろうと思った。

3

彦四郎が稽古を終えて母屋にもどると、おくまが戸口で待っていた。ここ数日、おくまは姿を見せなかったが、午後になってやってきたのだ。お花と遊んだり、里美を手伝って夕餉《ゆうげ》の支度などをしていたらしい。

「旦那さま、あたし、気になることがあってね」

おくまが、彦四郎に近付いて小声で言った。

ちかごろ、おくまは彦四郎のことを旦那さまと呼ぶようになった。以前は、彦四郎さまと呼んでいたが、藤兵衛が家を出て、彦四郎が家長になってから、そう呼ぶようになったのである。

おくまは、五十がらみだった。でっぷり太っていて、洒落っ気などまったくない。はだけた襟の間から、乳房が覗いていたりしても平気である。もっとも、その乳房も垂れ下がり、見たいと思う者はいないだろう。

「何が気になるのだ」

彦四郎が訊いた。

「表の八百屋の旦那から聞いたんだけどね。笠をかぶったお侍がふたり来て、しきりに道場のことを訊いたというんだよ」

「この道場のことか」

彦四郎の脳裏に、大河内たちのことがよぎった。

「そうらしいよ」

「どんなことを訊いたのだ」

彦四郎は気になった。

「稽古が終わった後、道場にはだれが残るのか、しつこく訊いたようだよ。それに、里美さまとお花ちゃんのことも」

「里美と花のことも、訊いたのか」

「そうらしいよ。八百屋の旦那は、里美さまとお花ちゃんは、ふだん母屋にいるのか訊かれたと言ってたよ」

「………！」

まずい、と彦四郎は思った。大河内たちは、稽古が終わって門弟たちが引き上げた後、道場を襲うつもりではあるまいか。それに、里美とお花を狙っているらしい。夕方になれば、母屋に彦四郎、里美、お花の三人しかいなくなる。大河内たちに襲われたら、太刀打ちできない。

……まだ、道場に永倉がいるかもしれない。

彦四郎は、おくまに、花と遊んでやってくれ、と言い残し、道場にもどった。

永倉は着替えの間にいた。着替えを済ませて帰るところだった。永倉はおくめという妻女とふたりで、近ごろ越した日本橋亀井町の町宿に住んでいた。千坂道場からは近かった。

「永倉、頼みがある」

彦四郎が声をかけた。

「なんだ？」

「おくめどのに話して、今晩、道場に泊まってくれないか」

彦四郎が、今夜にも大河内たちが母屋を襲う恐れがあることを話した。

「まことか！」

永倉が驚いたような顔をした。

「大河内たちが、道場から門弟たちがいなくなった後のことを探っていたようだ」

「分かった。おくめに話し、暮れ六ツ（午後六時）までには道場にもどろう」

そう言い残し、永倉は道場から出ていった。

暮れ六ツ（午後六時）ごろ、永倉が母屋に顔を出した。喜んだのは、お花だった。永倉は風貌に似合わず、子煩悩だった。道場での稽古のおりも、若い門弟たちに交じって嫌がらずにお花の相手をしてやる。それも、お花に打たれて転んでみせたり、試合の真似をして打たせてやったり、遊びながら稽古をさせるのだ。そうしたこともあって、お花は永倉に懐いていた。

その日も、お花は永倉の膝の上に乗ったり、大きな背に飛び付いたりして、なかなか離れなかった。

五ツ（午後八時）ちかくなると、里美が、

「花、もう寝ましょうね」

と言って、お花を奥の寝所に連れていった。里美は彦四郎から話を聞いていて、いつ大河内が襲ってくるかしれず、気が気ではなかったのだ。

その夜、彦四郎と永倉が縁側に近い座敷に待機し、里美はお花とふたりで奥の寝所で休むことになった。

だが、その夜は何事もなく過ぎた。

翌朝、彦四郎は里美が支度した朝餉を永倉といっしょに食べながら、

「昨夜は、何事もなく済んだが、大河内たちが踏み込んでくるのは今夜かもしれぬ」

と、小声で言った。隣の部屋にいる里美とお花に聞こえないよう気を使ったのである。

「そうだな。それにしても、厄介なことになったな」

「いずれにしろ、ここ四、五日のうちだとみている。大河内たちは、久保と堀川がおれたちに襲われたのを知り、この家を襲う気になったにちがいない。……狙いは、里美と花だ。ふたりを討てば、里美が島中藩に出かけて若君に指南することができなくなる。そうなれば、指南役は三橋道場にくるとみたのではないかな」

「卑怯《ひきょう》なやつらだ」

永倉が顔に怒りの色を浮かべた。

「永倉、しばらくの間、手を貸してくれんか」

「承知した」

「ただ、毎晩というわけにはいくまい。……義父上《ちちうえ》にも頼むので、交代してもらえないかな」

永倉にも、おくめとの暮らしがあるのだ。

「おれは、毎晩でもかまわないぞ」

「いや、おくめどのも、ひとりでは心細いだろう。それに、義父上も、ここに泊まるのを喜んでくれるはずだ」

「分かった。そうしよう」

永倉は、残りのめしを平らげてから腰を上げた。


その夜、藤兵衛が母屋に泊まることになった。夕餉を終えてしばらくすると、里美はお花を寝所に連れていって寝かせた。昨夜、いつもより遅くまで起きていたせいなのか、お花の寝付きはよかったようだ。

里美は彦四郎と藤兵衛のいる座敷にもどってくると、

「父上、お茶を淹《い》れましょうか」

と、訊いた。

「湯は沸いているのか」

「はい」

「頼むか」

「すぐに、支度しますよ」

里美が腰を上げた。

いっときすると、里美は急須と湯飲みを盆に載せてもどってきた。そして、藤兵衛と彦四郎に茶を淹れ、自分の湯飲みにもついだ。里美が、父と彦四郎との三人で夜を過ごすのは久し振りだった。茶でも飲みながら話したかったのかもしれない。

だが、里美の思いはすぐに吹き飛んだ。道場の方から近付いてくる足音が聞こえたのである。

4

彦四郎は、障子をすこしあけて外の様子をうかがった。藤兵衛も狭い隙間から、外を覗いている。

月夜だった。青磁色《せいじいろ》の月光のなかに、いくつかの人影が浮かび上がっていた。四人である。いずれも武士だった。たっつけ袴に、二刀を帯びている。

……大河内がいる！

彦四郎は胸の内で叫んだ。

顔は夜陰《やいん》にとざされ、はっきりしないが、その巨軀に見覚えがあった。大河内にまちがいない。四人の武士は、足音を忍ばせて縁側に近付いてくる。

彦四郎は、その場を離れ、座敷の隅に置いてあった刀をつかんだ。

藤兵衛も刀をつかみ、

「里美、花のそばにいろ。部屋に踏み込んできたら、すかさず斬れ」

藤兵衛が、声を殺して言った。

「はい！」

里美はすぐに座敷を出て、奥にむかった。

藤兵衛は彦四郎に身を寄せ、

「彦四郎、やつらはここに入ってくる。ひとりを、障子越しに刺せ。おれは、もうひとりをやる」

と、声をひそめて言った。

藤兵衛は、長年剣の世界で生きてきた男である。道場での試合はむろんのこと、真剣での斬り合い、こうした屋敷内での闘いなど場数を踏んでいた。不意打ちでふたり斃《たお》して、二対二になれば、勝てるとみているのだ。

「はい」

彦四郎は、声を出さずに答えた。

四人は縁側の前で抜刀した。刀身に月光が映じて、銀色《しろがねいろ》にひかっている。大河内の他に、道場破りに来た重村と枝野の姿があった。もうひとりは、頭巾《ずきん》をかぶっていた。何者か分からない。

四人は縁側の前に立つと、辺りの様子をうかがうように視線をまわした。

大河内が、音のしないようにゆっくりと沓脱ぎ石から縁側に上がった。つづいて重村と枝野、すこし遅れて頭巾の武士が縁側に踏み込んできた。

彦四郎は己の影が障子に映らない場所に立ち、切っ先を障子にむけて敵が近付くのを待った。

ミシッ、ミシッ、と縁側を踏む音がした。彦四郎の近くに迫ってくる。だれか分からない。彦四郎は昂《たかぶ》る気を抑えて、全神経を障子の外に集中させた。足音と気配だけで、相手の位置を見極めなければならない。

敵が障子のすぐ近くまで来た。

彦四郎は腰を沈め、切っ先を相手の胸の高さあたりにむけた。

と、障子紙がかすかに揺れた。敵が、障子のすぐ先にいる。

……いまだ！

彦四郎は、刀身を障子に突き刺した。

重い手応えがあり、グッ、と喉のつまったような呻き声がし、縁側をよろめくような足音が聞こえた。

「引け！　障子のむこうにいる」

男の叫び声が聞こえた。

タアッ！

そのとき、藤兵衛の鋭い気合がひびいた。

バサッ、と障子が桟ごと裂け、男の叫びが聞こえた。藤兵衛の切っ先が、障子の向こうにいた敵をとらえたらしい。

縁側から、次々に庭に飛び下りる音が聞こえた。

彦四郎は障子をあけはなった。

縁側に、人影はなかった。大河内たちは、庭に飛び下りたらしい。庭に四人の男が立っていた。

彦四郎につづいて、大河内たちである。藤兵衛も障子をあけて縁側に出た。抜き身を引っ提げている。

「三橋道場の者か！」

彦四郎が声を上げた。

枝野の肩から胸にかけて、着物が裂けていた。かすかに血の色もある。藤兵衛の斬撃をあびたらしい。

もうひとり、重村が右の二の腕を左手で押さえていた。彦四郎の切っ先は、重村の腕をとらえたようだ。

「ふたりだけか。……斬れ！」

大河内が声を上げた。

枝野と頭巾の武士が、切っ先を彦四郎と藤兵衛にむけた。枝野の傷は浅いらしい。夜陰のなかで、ふたりの双眸が青白くひかっている。

重村も青眼に構えたが、刀身は激しく震えていた。右腕が思うように動かないらしい。

　大河内は、縁側に立っている藤兵衛の前に出た。

「藤兵衛、庭に下りろ。道場での勝負、ここでつけさせてもらう」

「うむ……」

　藤兵衛はすぐに動かなかった。

　庭に下りるか、このまま勝負するか、どちらに利があるかみているのだ。

　これを見た大河内は八相に構え、

「このままなら足を薙《な》ぐ」

　と言い、縁側に一歩近寄った。

「よかろう。下りよう」

　藤兵衛は、このまま闘うのは不利とみた。

　大河内がすばやく後じさって間をあけると、藤兵衛は縁先から庭に下りた。

　彦四郎の前には、枝野が立った。青眼に構え、切っ先を彦四郎の膝のあたりにむけている。

もうひとり、頭巾の武士が、彦四郎の左前に立った。八相に構えている。遣い手らしい。腰の据わった隙のない構えである。ただ、一撃必殺の気迫がなかった。真剣勝負の経験はないのかもしれない。それに、縁側の斜前《ななめまえ》からでは、上にいる彦四郎に切っ先がとどかないだろう。

重村は彦四郎の右前にいたが、間合を大きくとっていた。顔を苦痛にゆがめている。右腕の傷が痛むらしい。

「さァ、こい!」

彦四郎は縁側の上から低い下段に構え、切っ先を枝野の目線につけた。

「ひとり、縁側へ!」

枝野が声を上げた。

すると、頭巾の武士が彦四郎との間合をとってから、縁側に飛び上がった。

頭巾の武士は、素早い動きで彦四郎の左手に立つと、青眼に構えを変え、切っ先を彦四郎にむけた。

「いくぞ!」

枝野が、足裏で地面を擦るようにして縁側に身を寄せてきた。

枝野の動きに呼応するように、頭巾の武士もジリジリと間合をつめてきた。

5

藤兵衛は大河内と対峙していた。

ふたりの間合はおよそ四間――。まだ一足一刀の間境の外である。

大河内は八相に構え、刀の先を背後にむけて、刀身を水平に寝かせた。

……これが、雷落しの構えか！

藤兵衛の目に、大河内の刀身がまったく見えなくなった。これでは、間合を読むのがむずかしい。

対する藤兵衛は、青眼から切っ先をすこし上げ、剣尖《けんせん》を大河内の左の拳にあてた。八相に対応する構えをとったのである。

大河内が足裏を摺るようにして、ジリジリと間合を狭めてきた。夜陰のなかで、大河内の巨軀が黒い巨熊のように見えた。刀身が見えないせいか、よけい不気味である。

藤兵衛は動かなかった。気を静めて、大河内との間合と斬撃の起こりを読んでいた。敵の切っ先が見えないために、間合も斬撃の起こりも読むのが難しかった。体にあらわれる気の動きから読むしかない。

しだいに、大河内が一足一刀の斬撃の間境に近付いてきた。全身に気勢が満ち、その巨軀がさらに大きくなったように見えた。

斬撃の間境まで、あと二歩――。

あと、一歩――。

藤兵衛がそう読んだ瞬間、大河内の体に斬撃の気がはしった。

……くる！

察知した瞬間、藤兵衛は半歩身を引いた。体が勝手に反応したのである。

タアリャッ！

裂帛の気合を発し、大河内が斬り込んできた。

刹那、稲妻のような閃光《せんこう》が袈裟にはしった。

……これか！

藤兵衛は、雷落しの初太刀だと直感した。

次の瞬間、稲妻のような閃光が逆袈裟にはしり、藤兵衛の右腕にかすかな疼痛《とうつう》がはしった。

袈裟から逆袈裟へ——。雷落しの神速の太刀である。

藤兵衛は、さらに後ろに跳んだ。大河内の三の太刀を恐れたのである。

ふたりは大きく間合をとって、ふたたび八相と青眼に構え合った。

藤兵衛の右の前腕に血の色があった。ただ、浅手である。大河内が雷落しを仕掛ける寸前、藤兵衛が半歩身を引いたため、右腕をねらった大河内の切っ先が、とどかなかったのだ。

「すこし浅かったな」

大河内が、つぶやくような声で言った。

大きな両眼が、猛虎のように炯々《けいけい》とひかっている。

……月光を反射《はね》たのか！

藤兵衛は、大河内の斬撃が稲妻のように見えたのは、刀身が月光を反射たためだと分かった。刀身が背後に向けられて見えなかったため、ふいに稲妻がはしったように見えたのだ。一瞬、そのひかりに目を奪われたため、藤兵衛は大河内の二の太刀に対する反応が後れたのである。

藤兵衛は、大河内が庭に引き出したわけが分かった。家のなかでは月光を反射することができず、雷落しの威力が半減するのだ。

大河内が、道場内の竹刀による立ち合いを避けた理由も分かった。竹刀や木刀では、ひかりを反射て、相手の目を奪うことができないからだ。

「次は腕《かいな》を落とす」

大河内が、ふたたび間合をつめ始めた。


このとき、彦四郎は頭巾の武士と対峙していた。

枝野とは一合し、肩先に斬撃をあびせていた。枝野が彦四郎の脛《すね》を狙って刀を横に払おうとしたところを、彦四郎は身を引きざま袈裟に斬り下ろした。その切っ先が、枝野の肩先をとらえたのである。ただ、深手ではなかった。刀はふるえるらしい。枝野は左手にまわって、切っ先を彦四郎にむけている。

枝野に代わって彦四郎の正面に立った頭巾の武士は、一歩身を引いて切っ先を彦四郎の下腹のあたりにつけていた。隙のない構えだが、斬撃の気配がなかった。間合も、斬撃の間境の外である。

枝野と重村は、彦四郎から間を取っていた。

ふいに、頭巾の武士が一歩踏み出した。そのとき、「枝野、重村、家に踏み込んで、女を討て！」と、叫んだ。

その声で、枝野と重村が彦四郎から離れた場所へ移動し、縁側へ飛び上がった。刀を引っ提げたままである。

ふたりは障子を開け放ち、座敷に踏み込んだ。

……里美と花があぶない！

と、彦四郎は察知した。

すぐに反転し、座敷へ飛び込んだ。枝野と重村が廊下へ出るところだった。

彦四郎は廊下へ走り出た。枝野と重村は、暗い廊下を手探りで奥へむかっていく。

里美とお花のいる寝所から、かすかな灯《ひ》が洩れている。

里美は部屋のなかほどに立っていた。お花は、脇の布団の上で寝息をたてていた。行灯の明かりに、お花のやすらかな寝顔が浮かび上がっている。

……ここへ来る！

里美は、廊下の慌ただしい足音を耳にした。ふたりらしい。彦四郎や藤兵衛のものではない。

お花を守らねばならない、と思った里美は、座敷の隅に置いておいた刀を手にすると、障子をあけて廊下に出た。部屋のなかで、斬り合いになったら、お花を守れないとみたのである。

廊下の先に黒い人影が見えた。

ふたり——。こちらに来る。ふたりとも抜き身を手にしていた。刀身が廊下の薄闇のなかで、にぶくひかっている。

里美は刀を手にして廊下に立った。相手はふたりだが、ひとりと同じだった。廊下は狭く、相対できるのはひとりだけである。

わが子を守ろうとする里美の顔には、女とは思えない厳しさと凄みがあった。

「女だ！」

先にたった枝野が声を上げた。枝野の着物の肩が裂け、血の色があった。枝野は目をつり上げ、必死の形相で里美に近付いてくる。

6

枝野の後ろに、重村の姿があった。左手で刀を持ち、右腕をだらりと垂らしていた。右腕が自在に動かないらしい。

その重村の背後に、人影があらわれた。足早に、重村に迫ってくる。

……彦四郎さまだ！

里美は、胸の内で声を上げた。彦四郎が、ふたりの後を追ってきたのである。

枝野は里美の前に立つと、

「女、覚悟しろ！」

叫びざま、いきなり斬り込んできた。

低い八相から袈裟へ——。

トオッ！

短い気合を発し、里美が刀を横に払った。

キーン、という甲高い金属音がひびき、枝野の刀身が弾かれた。

間髪をいれず、里美が鋭い気合を発し、二の太刀をはなった。

真っ向へ――。すばやい太刀捌きである。

咄嗟《とっさ》に、枝野が後ろに身を引いた。間一髪、里美の切っ先は、枝野の胸元をかすめて空を切った。

「お、女の剣か……」

枝野は驚愕《きょうがく》に目を剝《む》いて、後じさった。里美の太刀捌きには女とは思えない、剣の遣い手らしい鋭さと迅《はや》さがあった。

「枝野、引け!」

重村が、叫んだ。

重村は反転して彦四郎に切っ先をむけていたが、刀身が震えていた。右手を柄に添えていたが、まともに構えられないのだ。

枝野が後じさった。重村につづいて、庭へ逃げようとしたのである。

突如、重村が刀を振り上げ、
オオオッ!

と、獣の咆哮《ほうこう》のような叫び声を上げ、彦四郎に斬りかかった。

袈裟へ――。体ごとつっ込んでいくような斬撃だった。相打ち覚悟の捨て身の攻撃である。

咄嗟に、彦四郎は身を引いてかわした。まともに受けると、相打ちになる恐れがあったのだ。

さらに、重村は刀身を振り上げ、彦四郎に斬り込んだ。

だが、鋭さも迅さもなかった。ただ、刀を振り下ろしただけである。

彦四郎は身を引きざま、刀身を横に払った。にぶい金属音がひびき、重村の斬撃が流れて障子を桟ごと斬り裂いた。

そこは、縁側に面した座敷の隣部屋だった。人影はない。

重村が障子に斬りつけて、動きがとまったとき、
タアッ！

すかさず、彦四郎が鋭い気合を発して袈裟に斬り込んだ。

ザクリ、と重村の肩から胸にかけて着物が裂け、血が迸《ほとばし》り出た。重村は絶叫を上げながら前によろめいた。

間髪をいれず、彦四郎が気合とともに突きをはなった。切っ先が重村の胸をとら

え、深く刺さった。切っ先が、重村の背から抜けている。

彦四郎は、重村に身を寄せたまま動きをとめた。

このとき、重村の後ろにいた枝野は、障子をあけて座敷に逃げ込み、さらに隣の部屋へ入った。縁側に出て、庭に逃げるつもりらしい。

彦四郎は後ろに身を引きざま、刀身を引き抜いた。瞬間、重村の胸から血が激しく飛び散った。心ノ臓を突き刺していたらしい。

重村はすぐに倒れなかった。血を撒きながら突っ立っていた。噴出した血が障子に飛び散り、バラバラと音をたてた。障子が、赤い斑《まだら》に染まっていく。

重村の体が大きく揺れ、腰からくずれるように転倒した。

廊下に横たわった重村は呻き声も上げず、首をもたげようともしなかった。意識はないようだ。

彦四郎は、廊下に立っている里美のそばに走り寄った。里美に怪我はないようだが、お花のことが心配である。

「花は、どうした」

彦四郎が、里美に訊いた。

「部屋で、眠ってますよ」

里美のこわばっていた顔が、やわらいだ。

「それは、よかった」

彦四郎は、義父上《ちちうえ》を見てくる、と言って、反転した。

「わたしも行きます」

里美が彦四郎につづいた。


そのとき、藤兵衛は大河内と対峙していた。藤兵衛の右袖が裂け、前腕には血の色があった。藤兵衛は、大河内の雷落しの斬撃を二度受けていた。二度とも紙一重の差で、大河内の切っ先を逃れている。

藤兵衛は青眼に、大河内は切っ先を背後にむける八相に構えていた。

そこへ、枝野が母屋から逃げてきた。蒼ざめた顔で、荒い息を吐いている。

「女と子供は、どうした」

頭巾の武士が、訊《や》いた。

「だめだ、重村が殺られた」

枝野が顔をゆがめて言った。

そのとき、彦四郎と里美が廊下に姿を見せた。

「義父上、助太刀《すけだち》します！」

彦四郎が声を上げた。

「わたしも！」

彦四郎と里美は庭に飛び下り、切っ先を頭巾の武士と枝野にむけた。

頭巾の武士は後じさり、逡巡《しゅんじゅん》するような素振りを見せたが、

「引け！」

と声を上げ、反転して道場の方へ走りだした。道場の脇から路地に出るつもりらしい。

つづいて、枝野も刀を引っ提げたまま頭巾の武士の後を追って駆けだした。

彦四郎は頭巾の武士を追わず、藤兵衛と対峙している大河内に走り寄った。

「勝負は、あずけた」

言いざま、大河内は後じさり、藤兵衛との間合があくと、反転して枝野たちの後を追った。

「義父上、お怪我は」

彦四郎は藤兵衛の左腕の傷を見て訊いた。

里美も心配そうな顔をして近寄ってきた。

「かすり傷だ。……お花は、どうした」

藤兵衛は、里美の近くにお花の姿がないのに気付いたようだ。

「眠ってますよ。あの子、滅多なことでは起きませんから」

里美が、ほっとしたような顔で言った。

「そうか。……お花は、大物になるかもしれんな」

藤兵衛の顔がやわらぎ、口許に笑みが浮いた。

7

「そやつ、何者だ」

永倉が顔をけわしくして、彦四郎に訊いた。

道場の裏手にある母屋だった。縁側に面した座敷に、彦四郎、永倉、藤兵衛の三人の姿があった。里美とお花は、その場にいなかった。

大河内たちが、彦四郎の家を襲った翌日だった。稽古のために姿を見せた永倉を母屋に呼び、彦四郎が昨夜のことをひととおり話した後、頭巾の武士のことを口にしたのだ。

「分からん。……恰幅のいい男で、年配に見えたな」

彦四郎が言った。

「三橋道場の三橋八右衛門ではないのか」

永倉が言った。

「わしも、そうみた」

藤兵衛が口をはさんだ。

「それで、逃げたのは大河内と枝野、それに頭巾の武士だな」

永倉が訊いた。

「そうだ。……重村は仕留めた。亡骸《なきがら》は、母屋の裏に運びだしてある」

血に染まった廊下や障子の片付けは、朝のうちにしてあった。いま、里美が座敷の畳を雑巾で拭いている。お花は里美を手伝っているはずだが、足手纏いになっているだけかもしれない。

「これで、懲りたかな」

「いや、三橋と大河内が残っていれば、まだ、仕掛けてくるな」

藤兵衛が言った。

「厄介なやつらだ。……ここから、どこへ逃げたのかな」

「頭巾の武士が三橋なら、道場にもどったとみていいな」

彦四郎がそう言ったとき、

「これから、三橋道場に踏み込むか。いまなら、三橋と大河内を討てるかもしれん。それに、道場なら剣術の立ち合いということで、済ませられる」

藤兵衛が言った。

「しかし、道場には門弟がいるかもしれませんよ」

「かまわん。大河内たちが、ここに道場破りに来たのと、同じ手をつかえばいい」

「大河内とは、だれがやります」

彦四郎が顔をけわしくして訊いた。

「わしがやろう。……やつの手が、すこしだけみえてきた。何とかなる」

藤兵衛が低い声で言った。顔がひきしまり、双眸が底びかりしていた。いつもの穏やかそうな顔ではない。剣客らしい凄みと威風がある。

彦四郎、永倉、藤兵衛、それに島津の四人が、五ツ半（午前九時）ごろ、千坂道場を出た。辻駕籠もいっしょだった。島津も同行したのは、三橋道場に大勢門弟がいたときのことを考えたのである。

駕籠のなかには、重村の亡骸《なきがら》が乗せてあった。放置しておくこともできなかったので、三橋道場に届けるつもりだった。

彦四郎たちは、柳原通りから中山道に入り、本郷にむかった。前田家の上屋敷の手前で左手の路地に入り、しばらく歩くと、三橋道場が前方に見えてきた。

「静かだな」

稽古の音は、聞こえてこなかった。

道場の戸口まで行くと、なかから男の話し声が聞こえてきた。何人か、話しているらしい。

藤兵衛が、ふたりの駕籠かきに重村の亡骸を戸口の脇に運び出すように頼んだ。

亡骸を始末して駕籠が去った後、彦四郎たちはあいたままになっていた戸口から道場に入った。土間につづいて狭い板間があり、その先の板戸がしめてあった。板戸の向こうから、男の話し声が聞こえてくる。そこが、道場になっているらしい。

「頼もう！　どなたか、おられぬか」

永倉が声を上げた。

すると、道場内の話し声がやみ、床を踏む足音が聞こえた。

板戸があいて、小袖に袴姿の若侍が姿を見せた。門弟であろうか。

「御用の筋は？」

若侍が訊いた。顔がこわばっている。

「一手、ご指南を仰ぎたい」

永倉が言った。

「し、指南はできません。今日は、稽古をしておりませんので……」

若侍が声をつまらせて言った。

「道場には、どなたかおられるようではないか。それに、三橋どのにお届けするものがあって、持参したのだ」

藤兵衛が、失礼するぞ、と言って、強引に板間に上がった。

すぐに、彦四郎、永倉、島津の三人がつづいた。

「こ、困ります……」

若侍は後じさりし、道場内に入ると反転して小走りに奥にむかった。

藤兵衛を先頭に、四人は道場内に入った。

五人の男がいた。いずれも武士で、道場の稽古場に車座になっていた。何か話していたらしい。五人はすぐに腰を上げ、藤兵衛たちに目をむけた。

「千坂道場のやつらだ！」

叫んだのは、枝野だった。枝野は着替えたらしく、小袖は裂けていなかった。血の色もない。

枝野の左手に、大柄で年配の武士がいた。他の三人は、門弟であろうか。そこに、大河内の姿はなかった。

「お、師匠、指南を所望とか……」

若侍が年配の武士のそばに行き、震えを帯びた声で言った。

大柄な武士の袖に、黒ずんだ血の色があった。彦四郎が枝野の肩先を斬ったときの出血を浴びたようだ。千坂道場を襲った頭巾の武士は、三橋八右衛門に間違いないようだ。

藤兵衛が道場のなかほどに立ち、

「三橋だな」

と、年配の武士を見すえて言った。

「千坂か！」

三橋の顔がゆがんだ。

目鼻立ちの大きな顔をしていた。眉が濃く、頤が張っている。その顔が、怒張したように赭黒く染まっていた。

五人の武士は、脇に置いてあった刀を手にして立ち上がり、三橋の左右に身を寄せた。いずれの顔もこわばり、目が血走っている。

若侍は蒼ざめた顔で、師範座所の脇に逃れた。脇が引き戸になっている。そこから、裏手の母屋に行けるのかもしれない。

「三橋、忘れものだぞ」

藤兵衛が言った。

「忘れものだと」

「重村の亡骸だよ。……一手指南を仰ぐために来たのだが、ついでに運んできてやったのだ。戸口に置いてあるから、受け取ってくれ」

「お、おのれ！」

三橋の顔から血の気が引いた。怒りと気の昂りで、体が顫えている。

「返り討ちにしてくれる！」

いきなり、枝野が抜刀した。細い目がつり上がり、ひらいた口から牙のような歯が覗いている。

枝野につられたように、そばにいた三人の武士も、刀に手をかけた。三橋も刀に手をかけたが、枝野たちの後ろに身を引いた。

8

「わしたちは、指南を所望したのだぞ。……真剣でもかまわないがな」

藤兵衛は刀の柄に右手を添えた。

すぐに、彦四郎、永倉、島津の三人は、刀が振れるだけの間をとって枝野たちを取りかこむように立った。

「やれ！」

枝野が、ひき攣ったような声を上げた。

その場にいた門弟たちは次々に刀を抜き、藤兵衛や彦四郎たちに切っ先をむけた。

だが、腰が引け、刀身が小刻みに震えていた。蒼ざめた顔をし、恐怖の色があった。いずれも、それほどの腕ではないらしい。それに、真剣勝負は初めてなのだろう。

「斬るまでもない」

藤兵衛は、刀身を峰《みね》に返した。峰打ちにするつもりらしい。

彦四郎たち三人も峰に返し、枝野たちとの間合をつめ始めた。すると、彦四郎の前にいた痩身の若い武士が、
タアッ！

と、甲走った気合を発し、いきなり斬り込んできた。間合の読みも気攻めもなかった。恐怖に駆られて仕掛けたらしい。

咄嗟に、彦四郎は体《たい》をひらきざま、刀身を横一文字に払った。

若い武士の切っ先は空を切って流れ、彦四郎の刀身は若い武士の腹部に入った。

ドスッ、というにぶい音がし、若い武士の上体が前にかしいだ。彦四郎の峰打ちが腹を強打したのだ。

若い武士はたたらを踏むように泳いだが、足がとまると、左手で腹を押さえてうずくまった。苦しげな呻き声を上げている。肋骨《ろっこつ》でも、折れたのかもしれない。

つづいて、枝野が永倉に斬り込んだ。

鋭い気合とともに、真っ向へ——。捨て身の鋭い斬撃だった。

刹那、永倉は刀身を跳ね上げて、枝野の斬撃を受けた。甲高い金属音がひびき、青火が散って金気《かなけ》が流れた。

次の瞬間、永倉は体を右手に寄せざま、刀身を横に払った。ほぼ同時に、枝野も袈裟に斬り込んだ。

一瞬の攻防である。

枝野の切っ先は空を切って流れ、永倉の峰打ちは浅く枝野の脇腹を打った。

枝野は苦痛に顔をしかめたが、まだ闘気を失っていなかった。ふたたび青眼に構えると、切っ先を永倉にむけた。

枝野は目をつり上げ、必死の形相で間合をつめてきた。こうなると、間合も構えもなかった。窮鼠《きゅうそ》の反撃といっていい。

……峰打ちでは、仕留められぬ。

とみた永倉は、刀身を返した。

ヤアアッ！

絶叫のよう気合を発し、枝野が真っ向に斬り込んできた。

体ごと飛び込んでくるような斬撃だった。

咄嗟に、永倉は右手に跳びざま刀身を横に払った。

ビュッ、と枝野の首筋から血が赤い帯のように飛んだ。永倉の切っ先が、枝野の首筋を横に斬り裂いたのだ。

枝野は血を撒きながら泳ぎ、足がとまると、朽ち木のように転倒した。

道場の床に伏臥《ふくが》した枝野は、四肢を痙攣《けいれん》させていたが、首を擡《もた》げようともしなかった。首筋から噴出した血が、道場の床を八方に這うようにひろがっていく。

これを見た三橋はさらに後じさり、師範座所の前まで行くと、ふいに左手に走った。そして、若い門弟の背後の引き戸をあけ、外へ飛び出した。若い門弟も、三橋につづいて外へ出た。

彦四郎は三橋が外へ出たのを目にすると、

「三橋が逃げたぞ！」

と叫び、刀を手にしたまま引き戸に走った。

すぐに、永倉がつづいた。藤兵衛と島津は、道場内にいる門弟に切っ先をむけている。

引き戸の外には長い庇《ひさし》があり、三和土《たたき》になっていた。付近に、三橋と若い門弟の姿はなかった。

母屋の戸口がすぐ前にあったが、なかに入った様子はなかった。

彦四郎は、母屋の先に走った。

「千坂、三橋はあそこだ！」

永倉が指差した。

見ると、母屋の脇に三橋と若い門弟の姿があった。ふたりは、母屋の裏手にむかって走っていく。

「追うぞ！」

彦四郎と永倉は、三橋たちの後を追った。

彦四郎たちは、母屋の裏手まで来た。雑草で覆われた空き地があり、その先が細い路地になっている。路地沿いに小体な店や仕舞屋《しもたや》などがあり、ぽつぽつ人影も見られた。

「あそこだ！」

三橋と若い門弟が、路地を走っていく。

彦四郎たちは空き地を横切り、路地に入ったが、三橋たちの姿は見えなかった。

「いないぞ」

永倉が言った。

「別の路地に、入ったのだ」

彦四郎と永倉は、路地を走った。店の脇や細い路地などに目をやりながら、三橋たちの姿を探したが目にとまらなかった。

彦四郎たちは、二町ほど走ったところで足をとめた。

「に、逃げられた……」

永倉が喘ぎながら言った。

彦四郎と永倉は道場にもどった。

道場には、藤兵衛と島津の他に、三橋道場の門弟がふたりうずくまっていた。枝野は道場の床に横たわっている。藤兵衛によると、ひとりだけ道場の表から逃げたという。

「三橋はどうした」

藤兵衛が訊いた。

「逃げられました」

彦四郎は、三橋たちが母屋の裏手の入り組んだ路地に逃げ込んだために、姿を見失ったことを残念そうに話した。

「仕方あるまい。……それに、これで三橋たちもしばらく道場にはもどれまい」

藤兵衛が言った。

「このふたりに、三橋たちが逃げた先を訊いてみますか」

永倉がうずくまっているふたりの門弟に目をやった。

ふたりの名は、増山樹之助《ますやまきのすけ》と豊川和太郎《とよかわかずたろう》で、五、六年前から三橋道場に通っているそうだ。

「まず、訊くが、大河内源十郎が道場にいなかったのは、どういうわけだ」

藤兵衛は、昨夜千坂道場を襲った四人のなかで、大河内だけいなかったことが腑に落ちなかったようだ。

「……今朝、出かけました。菊池どのといっしょに」

増山が、苦しげに顔をしかめて言った。

「菊池という男も、門弟か」

「いえ、島中藩の方です」

「菊池弥五郎か！」

彦四郎が、驚いたような顔をして言った。御前試合で、立ち合った鬼斎流の遣い手である。

「そうです」

「菊池は、道場によく来るのか」

彦四郎が訊いた。

「このところ、何度か道場で見かけました」

「……！」

大河内は菊池ともつながっていたようだ。国許で同じ鬼斎流を修行した者であれば、つながりができても不思議はない。

彦四郎が口をつぐむと、

「三橋の家族は、いないのか」

と、藤兵衛が訊いた。裏手に母屋があるので、そこに家族が住んでいると思ったのかもしれない。

「二年ほど前に、ご新造《しんぞ》さんが亡くなられて、その後は独りでした」

増山によると、三橋の妻女が病死した後は、下働きの男と下女を雇って使いや家事などをやらせていたという。また、母屋には食客としていつも何人かいて、賑やかだったそうだ。

「大河内も、母屋に住んでいたのだな」

「重村どのと、枝野どのもそうです」

重村と枝野は先代からの門弟で、御家人の冷や飯食いだったこともあって母屋に寝泊まりするようになったという。

「大河内が逃げた先は、分かるか」

藤兵衛が、増山と豊川に顔をむけて訊いた。

「分かりません」

増山につづいて豊川が、

「それがしも……」

と小声で言って、頭《こうべ》を垂れた。

第五章　若君指南

1

「お花どの、まいるぞ」

永倉が、お花に竹刀をむけた。

「熊さん、さァ、こい！」

すぐに、お花が竹刀を構えた。

お花は幼いころから永倉のことを、熊ちゃん、と呼んでいた。永倉の巨体と風貌が熊に似ていたからである。それが、ちかごろは、熊さん、になっている。お花も成長し、幼児のように熊ちゃんとは呼びづらくなったのだろう。

朝の稽古を終えた後、永倉が稽古場に里美とふたりできていたお花に、「お花どの、勝負するか」と声をかけたのだ。むろん、戯《たわむ》れである。

「三本勝負！」

お花は声を上げた。

里美は笑みを浮かべて、道場の隅に身を引いた。

こうしたやり取りがあって、お花と永倉は道場のなかほどで竹刀を向け合ったのである。

お花と永倉のまわりには、彦四郎をはじめ川田や佐原など若い門弟が集まって、勝負の成り行きを見つめていた。どの顔にも、笑みが浮いている。

ヤアッ！

永倉が気合を発し、竹刀をちいさく振りかぶると、お花の面に振り下ろした。ゆっくりとした動きで、お花の頭上にとどく前に手の内をしぼって竹刀をとめた。

お花は竹刀を振り上げて、永倉の竹刀をはじくと、
胴！

と声を上げ、竹刀を横に払った。

お花の竹刀が永倉の大きな脇腹に入り、パシャ、と稽古着をたたく音がした。すると、永倉が、ワアッと声を上げ、大袈裟によろめいた。

すかさず、川田が、

「お花ちゃんの胴、一本！」

と、声を上げた。

「お花どの、おみごと、見事な胴でござった」

永倉が、もっともらしい顔をしてお花に一礼した。

まわりで見ていた佐原たち若い門弟が、「お花ちゃんの勝ち！」「ご師範が、負けた」などと言って囃立《はやした》てた。

「熊さん、もう一本」

お花が真面目な顔をして、竹刀を永倉にむけた。

オオッ！

永倉が声を上げて竹刀を構えた。

そのとき、戸口近くにいた笹倉《ささくら》が、彦四郎のそばに小走りに近寄り、

「お師匠、来客です」

と、伝えた。笹倉も若い門弟のひとりである。

「だれかな」

「島中藩の方です」

笹倉が、瀬川どの坂井どのもいっしょです、と言い添えた。瀬川の傷も、出歩けるほどに癒えたらしい。

「永倉、花、稽古はそれまでだ。来客らしい」

そう声をかけ、彦四郎は里美に、「花を頼む」と言い置いて、戸口に出た。

戸口に立っていたのは、瀬川と坂井、それに御留守居役の結城だった。

「お師匠、結城さまからお話がございます」

瀬川が言った。朗報らしく、声がはずんでいる。

「ともかく、お上がりになってください」

彦四郎は、道場のつづきにある客間に結城たちを案内した。客間といっても狭い部屋で、畳が敷いてあるだけだった。二年ほど前、来客のために増築したのである。話をするには、道場の方が風通しがよく気持ちがいいのだが、まだ門弟が残っていたので客間にしたのだ。

彦四郎は永倉も客間に呼び、ふたりで結城の話を聞くことにした。

「千坂どの、指南役の件でござる」

結城は対座すると、すぐに切り出した。

「千坂どのに、指南役を頼むことになりました」

結城によると、指南役といっても島中藩の家臣になるわけではなく、出稽古として来てくれればいいという。

「願ってもないことです」

彦四郎は千坂道場をつづける気でいたので、高禄を示されても島中藩士になるつもりはなかった。

「それで、稽古は藩士の方だけですか」

彦四郎が、あらためて訊いた。若君、長太郎の指南をどうするのか、気になっていたのである。

「むろん、藩士の稽古をみていただきたいのだが、若君の指南もお願いしたい。……それで、しばらくの間、里美どのもご同行願えまいか」

結城が、彦四郎の顔色を窺《うかが》うような目をして訊いた。

「ご存じのとおり、里美には花という頑是《がんぜ》ない子がおりますので……」

お花を家に残して、里美だけ藩邸に行くわけにはいかないだろう。

「そのお子のことだが、里美どのといっしょに来ていただければ、なおのこと有り難いのだが……。いや、そう長い間ではござらぬ。若が稽古に慣れるまで、半年でも三月でも結構でござる」

　結城が慌てて言い添えた。

「それなれば……。ただ、道場のこともありますので、そう多くはまいれませんが」

　彦四郎が、月に五、六日でどうかと訊くと、

「それで結構でござる。それに、若が藩士たちといっしょに稽古ができるようになれば、さらに減らすこともできましょう」

　結城が言った。

　彦四郎は結城の話を聞きながら、藩主の直親は嫡男である長太郎を剣術の修行をとおして鍛えたいという思いが強いらしいと思った。家臣の指南はついでなのだろう。

　……指南役も、そう長い間ではないかもしれぬ。

　と、彦四郎は思った。

　長太郎に剣術をつづける気がなくなるか、彦四郎のような指南役を必要としなく

なるか。いずれにしろ、先のことは分からない。

彦四郎が口をつぐんでいると、

「お師匠、それがしも稽古にくわわります」

瀬川が身を乗り出すようにして言い、

「それがしも」

坂井が言い添えた。

2

結城たちが千坂道場に来た五日後、彦四郎たちは赤坂にある島中藩の下屋敷にむかった。

彦四郎たちが下屋敷に着くと、門前で結城、側役の松波、瀬川、坂井の四人が待っていた。

「お待ちしてました」

結城が、笑みを浮かべて彦四郎たちを迎えた。

この日、千坂道場から下屋敷にむかったのは、彦四郎、永倉、島津、里美、お花の五人である。

彦四郎たちは、結城の案内で御前試合のおりに使った客間に通された。瀬川と坂井は、屋敷には入らず、玄関先から稽古場にむかった。稽古場は、御前試合をした中庭だという。

彦四郎たちが、奥女中たちの運んできた茶菓で一息ついたとき、

「今日は、初めてでもあり、稽古は半刻（一時間）ほどでどうであろう」

松波が言った。長太郎君のことを気にしているようだ。

「そうしていただけると、ありがたい。花も、それ以上はもちませんので……」

彦四郎が言うと、里美もうなずいた。

お花は、茶受けに出された落雁《らくがん》を旨そうに食べている。

「藩士のなかには、さらに稽古をつづけたい者がいるのではござらぬか」

島津が訊いた。

永倉は、黙っていた。他藩に仕えている身だったので、表に出ないよう気を使っているらしい。

「藩士たちには、今日は顔合わせの日なので稽古は軽くすませるように話してあるが、居残ってやりたい者は、やってもかまわんだろう」

松波が言った。

「稽古をつづけるようなら、見させてもらいましょう」

彦四郎が言うと、永倉と島津がうなずいた。

そんな話をしているところに、瀬川が客間に姿を見せ、

「お師匠、そろそろお支度を」

と、知らせた。稽古場には、藩士たちが集まっているという。

「分かった」

すぐに、彦四郎たちは立ち上がった。

里美とお花は、御前試合のときと同じ奥の小座敷で支度をすることになった。

彦四郎は、稽古着に着替えながら、

「今日、稽古するのは何人ほどかな」

と、瀬川に訊いた。

「三十人ほどです。初心の者から、長年一刀流を修行した練達の者まで様々です」

瀬川によると、町宿に住む者で江戸の道場に通うことのできる藩士は別にして、江戸勤番になってから稽古をしていない者がほとんどだという。

「そうした者たちの意向も汲《く》んで、殿や重臣の方々が藩邸内で稽古ができるようにご配慮してくださったのです」

瀬川が言った。

「それで、鬼斎流の者たちは」

永倉が瀬川に身をよせて訊いた。

「今日は、来ておりません」

瀬川が声をひそめて言った。

「ひとりもか」

「はい、下屋敷には姿を見せませんでした」

「瀬川、御前試合のおりに、おれと立ち合った菊池弥五郎という男がいるな」

彦四郎が訊いた。

「菊池どのが、どうかされましたか」

瀬川が顔を厳しくして訊いた。

「役柄は何かな」

「徒組《かちぐみ》の小頭《こがしら》ですが」

「ちかごろ変わったことはないか」

彦四郎は、大河内が菊池とともに三橋道場から姿を消したことを瀬川には話していなかった。

「そういえば、藩邸にいないことが多いと聞きましたが……」

「同じ鬼斎流一門のなかで、菊池どのと親しくしてる者もいるのか」

「三、四人いると聞いています」

「そうか」

彦四郎は、大河内と菊池が結びついたとすれば、菊池の仲間の鬼斎流一門の者も仲間にくわわるのではないかと思った。

彦四郎たちは着替えを終え、持参した防具と剣袋を手にして座敷を出た。里美とお花は、剣袋だけ手にしている。今日の稽古は、構えと足捌き、それに竹刀の素振りだけと決めていたので、防具はいらなかったのだ。

掃き清められて砂の撒かれた稽古場に、三十人ほどの藩士が立っていた。いずれも、襷《たすき》で両袖を絞り、袴の股だちをとっている。手に木刀や竹刀を手にしている者もいた。また、左右に敷かれた莫蓙の上には、面、籠手の防具もいくつか用意されていた。

彦四郎たちが庭に出ると、ざわついていた藩士たちが急に静まり、いっせいに彦四郎たちに目をむけた。

彦四郎たちといっしょに庭に出た結城が、

「そこが、若の稽古場でござる」

と言って、屋敷の縁側に近い一画を指差した。

彦四郎たちのいる稽古場から五、六間離れた所に、白い幔幕《まんまく》が張られていた。そのなかが、長太郎君の稽古場になっているらしい。構えや足捌き、素振り、打ち込みなどがひととおりできるようになれば、幔幕が外されて藩士たちといっしょに稽古ができるようになるだろう。

彦四郎たちが稽古場に来るのを待っていたかのように、幔幕の脇から松波が姿を見せ、

「そろそろ若君たちが、おいでになるので、来ていただきたいのだが」

松波は、彦四郎、里美、お花の三人に声をかけた。稽古始めなので、彦四郎も顔

を見せてほしいという。

「承知しました」

彦四郎も、里美とお花に長太郎君の稽古をしばらくまかせるにしても、顔合わせはしておきたかったのだ。

彦四郎は、その場に集まっている藩士たちに名乗った後、一言挨拶をしてから松波の後につづいた。後は、永倉と島津がうまくやってくれるだろう。もっとも、彦四郎はすぐにこの場にもどってくるつもりだった。

3

幔幕のなかは、五間四方ほどのひろさだった。屋敷の縁側に面した地面が、綺麗に掃き清められて砂が撒かれていた。

縁側の奥は書院になっていた。まだ、人影はなかった。

「今日は初めてなので、殿だけなく奥方も見えられるはずです」

松波が言った。奥方とは、正室の萩江《はぎえ》のことである。萩江も、嫡男である長太郎の稽古の様子を見たいにちがいない。

彦四郎たちが幔幕のなかに入って間もなく、長太郎と藩主の直親が姿を見せた。

小姓や正室の萩江、それに奥女中たちの姿もあった。

長太郎は稽古着に短袴という扮装《いでたち》で、竹刀まで手にしていた。長太郎用に短く作ってあるようだ。

直親は、御前試合のときと同じように小紋の小袖に袴姿という寛《くつろ》いだ恰好をしていた。家老の浦沢や他の重臣たちの姿はなかった。仰々しくしたくなかったのだろう。

直親と長太郎を前にして、萩江や奥女中たちが後方に居並んだ。

すぐに、彦四郎、里美、お花の三人は、直親の前に進み出ると、片膝をついて身を低くした。お花は、両親を見習って片膝をついたが、頭は下げず、物珍しそうに座敷に居並んだ直親や萩江たちを見つめている。

「千坂、遠路ごくろうであったな。長太郎のこと、よろしく頼むぞ」

直親はお花に見つめられているのに気付き、口許に笑みを浮かべた。

萩江も、稽古着姿のお花に目をむけて微笑んでいる。

「若君が稽古に慣れられるまで、ここにいるふたりに若君のお相手をさせようと思っております」

彦四郎が言った。それが、直親の望みなのである。

「そうしてくれ」

直親が満足そうにうなずいた。

「では、若、稽古場へ」

松波が声をかけた。

長太郎はうなずき、竹刀を手にすると、勢いよく立ち上がった。顔がひきしまっている。やる気になっているようだ。

長太郎は白足袋《しろたび》を履いていた。彦四郎は、足裏のやわらかな長太郎が、素足で庭で動いたり素振りをすると、足の皮が破れる恐れがあったので、足袋を履《は》くように松波に話しておいたのである。

里美とお花が立って長太郎のそばに行くと、

「いっしょに、稽古しよう」

と、お花が声をかけた。

お花は、里美や彦四郎から屋敷に行ったら長太郎と剣術の稽古をするように言われていたのだ。それに、お花は長太郎とふたりで竹刀の素振りをしたことがあったので、楽しみにしていたらしい。

長太郎は顔をなごませてうなずいた。

「まず、構えから」

里美が、「青眼の構えです」と言って、構えてみせた。

お花も構えると、長太郎も構え、

「これでいいのか」

と、里美に訊いた。

「初めてにしては、いい構えです。……背筋を伸ばし、踵《かかと》を上げると、もっとよくなりますよ」

里美が優しい声で言った。

長太郎は言われたとおりに、背筋を伸ばし、踵を上げた。体が硬くなり、腰が浮いたが、

「だいぶよくなりました。……その構えのまま、目の前に敵がいると思ってください」

里美が、「花、若君の前に立って」と声をかけた。

するとお花は若君の前に立ち、青眼に構えて竹刀の先を長太郎の目線につけた。

「長太郎さま、花の顔を見て、竹刀の先を合わせてください」

里美が言った。

すぐに、長太郎は顎《あご》を引いて、お花の顔を見、高かった竹刀の先をお花の竹刀に合わせた。

里美は、高かった長太郎の竹刀の先を敵の目線に付けさせ、顎を引かせて姿勢を正しくし、浮いている腰を沈めさせたのだ。

「いい構えです。長太郎さま、この構えを忘れずに」

里美が感心したような声で言った。

「はい!」

長太郎が声を上げた。目が輝いている。

里美は、青眼の構えを教えると、次は青眼に構えたまま前後左右に動く足捌きを教え始めた。長太郎は、張り切っている。

書院で見ている直親や萩江も、満足そうだった。ときどき笑みがこぼれ、音のしないように拍手をしたりしている。

稽古の様子を見ていた彦四郎は、

……里美と花にまかせておけばよい。

と、胸の内でつぶやいた。

彦四郎は立ち上がると、直親に頭を下げてから幔幕の外に出た。すると、松波がついてきて、

「里美どのは、若のお心をつかんだようだな」

と、ほっとしたように言った。

外の稽古場では、一刀流の型稽古がおこなわれていた。素振りや打ち込み稽古を終えて、型稽古になったらしい。

永倉と島津、それに藩士がふたり打太刀となり、一刀流の刀法を教えていた。打太刀に立ったふたりの藩士は腰が据わり、体捌きも見事だった。藩士のなかから練達者が選ばれたらしい。

……おれも、すこし汗をかくか。

彦四郎は袴の股だちを取ると、木刀を手にして、永倉の脇に立った。すると、順

番を待っていた若い藩士が、

「お願いします!」

と声を上げ、彦四郎の前に立った。

彦四郎が前に出て若い門弟と相対すると、若い門弟は一礼して青眼に構えた。

すぐに、彦四郎は隠《いん》に構えた。一刀流の隠は、八相を低くし、木刀を顔の右側に立てる構えである。

稽古場では、手繰打《たぐりうち》の型稽古がおこなわれていた。手繰打は打太刀が隠に、仕太刀が青眼に構えることに決まっていた。

まず、打太刀が隠の構えのまま大きく踏み込み、面へ打ち込む。

仕太刀は一歩身を引いて、面への打ち込みをかわし、すかさず切っ先を打太刀の喉元に突き込む。この突きをかわすために、打太刀は体を引き、上段に構えようとする。この一瞬の隙をとらえ、仕太刀は打太刀の右籠手を打つ。それが手繰打である。

両者の動きや太刀捌きは決まっていたが、間合の取り方、体捌き、打ち込みの迅さなどの微妙な差で、熟達しないとうまく打てないのだ。

彦四郎たちが、しばらく手繰打の稽古をつづけていると、松波がそばに来て、

「若の稽古は、終わったようだ」

と、声をかけた。

いっときすると、里美とお花がもどってきた。ふたりは、稽古場の隅に立って彦四郎や藩士たちの稽古を見ている。

それから小半刻（三十分）ほどしたとき、

「これまで！」

と、永倉が声を上げた。

稽古場で型稽古をしていた藩士たちは、すぐに木刀を引いた。今日の稽古は、終わったのである。

4

彦四郎たちが、島中藩の下屋敷を出たのは、八ツ（午後二時）ごろだった。屋敷内で昼食を馳走になり、さらに一休みしてから屋敷を後にしたのである。

「われらふたりもお供します」

そう言って、瀬川と坂井も同行することになった。もっとも、瀬川たちは馬喰町の町宿に住んでいたので、帰りの道筋は彦四郎たちと同じである。

陽はまだ頭上にあった。彦四郎たち七人は、赤坂の溜池の方に足をむけた。初秋の陽射しが、通りを照らしている。

彦四郎たちが下屋敷の表門から二町ほど離れたとき、斜向《はすむ》かいにある旗本屋敷の築地塀《ついじべい》の脇から、三人の武士が通りに出た。いずれも小袖にたっつけ袴姿で、網代笠をかぶっていた。

三人の武士は、足早に彦四郎たちの後を追った。三人が溜池近くまで来たとき、通り沿いの樹陰から、さらに三人の武士が姿を見せた。こちらは小袖に袴姿だったが、やはり菅笠や網代笠で顔を隠している。

「千坂たちは七人だ」

巨軀の武士が言った。大河内だった。

「だが、女と子供がいる。それに、瀬川と坂井はたいした腕ではない」

下屋敷から跡を尾けてきた武士のひとりが言った。この男は、菊池である。

「きゃつら討つのに、またとない機会だぞ」

「やるか」

「場所は？」

「溜池沿いの道だな。その先は人通りが多く、仕掛けるのはむずかしい。

「よし、われら三人、先まわりしよう」

下屋敷から跡を尾けてきた菊池が言った。他のふたりは島中藩の家臣で、馬沢市《うまさわいち》之助《のすけ》と勝浦三五郎《かつうらさんごろう》だった。馬沢と勝浦は鬼斎流一門で、菊池と同じように彦四郎たちに反感をもつ者たちだった。

菊池たち三人は、細い脇道に入った。路地をたどって先回りするつもりらしい。後に残ったのは、大河内と三橋、それに木島峰次郎《きじまみねじろう》という三橋道場の古い門弟だった。大河内たち三人は、足を速めて彦四郎たちの跡を尾けた。

彦四郎たちは、尾行している大河内たちに気付かなかった。大河内たちが、彦四郎たちから一町ほども距離をとって尾けていたからである。

彦四郎たちは桐畑のなかの道を抜け、溜池沿いの道に出た。右手に大名の中屋敷の築地塀がつづき、左手は葦や茅《かや》などが群生していた。その先には溜池の水面《みなも》がひろがり、陽射しを反射《はね》て、ギラギラとひかっていた。

通りは人影がすくなかった。ときおり、風呂敷包みを背負った行商人や供連れの武士、中間などが通り過ぎていくだけである。

彦四郎たちが、愛宕下の方に足をむけて三町ほど歩いたときだった。

永倉が後ろを振り返り、

「後ろの三人、桐畑のなかを歩いているときも見かけたぞ」

と、彦四郎に身を寄せて言った。

彦四郎はそれとなく振り返ってみた。遠方ではっきりしないが、巨軀の男が、大河内の体軀に似ているような気がした。

「大河内と三橋ではないか」

永倉が顔をけわしくして言った。

「おれたちを襲う気か」

彦四郎は、足早に歩いてくる三人の姿に殺気があるような気がした。

「だが、大河内たちは三人だぞ。おれたちは、六人だ」

永倉はお花を人数に入れなかった。いくら、剣術好きとはいえ、お花は戦力にはならない。それどころか、足手纏いである。

「尾けてくるだけかな」

彦四郎も、大河内たちが三人で仕掛けてくるとは思えなかった。

そのとき、島津が、

「前にも、三人いる！」

と、昂った声で言った。

見ると、半町ほど先の通り沿いの桜の樹陰から、武士が三人、通りにあらわれた。

「き、菊池たちです！」

瀬川が、声をつまらせて言った。

三人の武士は、こちらにむかって足早に歩いてくる。すると、背後の三人が、小走りになった。

「挟み撃ちだ！」

永倉が声を上げた。

彦四郎はすばやく通りの左右に目をやった。右手には大名屋敷の築地塀がつづき、左手は葦や茅の群生した荒れ地になっている。

……逃げ場がない！

大河内や菊池は、逃げ場のないこの地を選んで仕掛けてきたのである。

「塀を背にしろ！」

彦四郎が叫び、七人は右手の築地塀に走り寄った。

「里美、花を守れ！」

「はい」

里美はお花を背後にして立った。顔がひきしまり、双眸が鋭いひかりを帯びている。里美は女ではあるが剣客だった。こうした修羅場も、何度かくぐっている。

お花は泣き出したり、喚《わめ》いたりしなかった。顔をこわばらせていたが、目をつり上げて里美の後ろに身を隠している。

大河内と菊池たちが、通りの左右からばらばらと走り寄った。そして、彦四郎たちを取り囲むように立つと、かぶっていた笠を取り、次々に路傍の叢のなかに投げ捨てた。

彦四郎は、大河内、三橋、菊池の三人の顔を知っていた。他の三人は、どこかで顔を見たような気もしたが、何者か分からなかった。おそらく、島中藩の者か三橋道場の門弟であろう。

彦四郎の前には、巨軀の大河内が立った。

「千坂、今日こそ、仕留めてやる」

大河内が、ギョロリとした目で彦四郎を見すえながら言った。閻魔を思わせるような大きな顔が、怒張したように赭黒く染まっている。

「返り討ちだ」

彦四郎は抜刀し、切っ先を大河内にむけた。

大河内も抜き、八相に構えると切っ先を背後にむけて刀身を水平に寝かせた。すると、彦四郎の目に刀身が見えなくなった。

……これが、雷落しの構えか！

彦四郎は、藤兵衛と島中藩士の前田から雷落しの構えを聞いていたのだ。

すぐに、彦四郎は切っ先を大河内の左拳につけた。八相の構えに対応する構えをとったのである。

彦四郎と大河内との間合は、およそ三間半ほどだった。まだ、一足一刀の間境の外だが、大河内の巨軀には、いまにも斬り込んできそうな気配があった。

里美の前には、菊池がまわり込んできた。

「女の身で、剣をふるうとはな。あきれた母子《おやこ》だ」

菊池が揶揄するように言った。

菊池は、下屋敷で里美とお花を目にしたおり、ふたりが長太郎君の剣術指南にあたることを知っていた。それで、里美とお花を斬れば、彦四郎たちは指南役をやめるとみたらしい。

里美は無言だった。刀の柄に手を添えたまま鋭い目で菊池を見すえている。

「女は斬りたくないが、やむをえぬ」

言いざま、菊池が抜刀した。

「花、すこし、下がって」

里美は、お花が築地塀に身を寄せるのを待ってから刀を抜いた。

菊池は八相に構えると、切っ先を後ろにむけて刀身を背後に寝かせた。

……雷落しの構えか！

里美も、藤兵衛から雷落しのことを聞いていたのだ。

ただ、里美の目には、菊池の刀身がわずかに見えた。菊池の刀身は水平ではなく、わずかに切っ先が上がっていたのだ。まだ、菊池は雷落しを会得しきれていないようだ。

……これなら、八相と変わらない。

と、里美は思った。すると、胸に生じた恐怖や怯《おび》えが霧散した。

里美は腰を沈め、切っ先を菊池の左拳につけた。

「いくぞ！」

菊池が声を上げ、間合を狭め始めた。

5

里美は、青眼に構えたまま切っ先を菊池の左拳につけていた。腰の据わった隙のない構えで、全身に気勢が満ちている。女とは思えない、見事な構えである。

菊池が驚いたような顔をした。里美が、遣い手であることが分かったようだ。

「女、やるな」

菊池は寄り身をとめ、あらためて構えなおした。

構えそのものは変わらなかったが、菊池の全身に気勢が漲《みなぎ》り、一撃必殺の気魄がくわわった。菊池は、里美をひとりの剣客としてみたようだ。

菊池は足裏を地面に擦るようにして里美との間合をつめてきた。間合が狭まるにつれて菊池の剣気が高まり、斬撃の気配が満ちてくる。

ふいに、菊池の寄り身がとまった。まだ、一足一刀の間境の外である。

……この遠間からくる！

と、里美は察知した。

菊池の全身に、いまにも斬り込んできそうな気配があったのだ。

ふいに、菊池の全身に斬撃の気がはしり、

イヤアッ！

菊池が鋭い気合を発し、斬り込んできた。

雷落しの構えから袈裟《はね》に——。

刹那、刀身が陽を反射て、稲妻のようにはしった。

だが、里美の目を奪うほどの鋭いひかりではなかった。里美の目に、背後にむけた菊池の刀身が見えていたので、それほどの刃光に感じなかったのだ。しかも、里美は菊池との間合を正確に読んでいた。

間髪をいれず、里美は半歩身を引いた。長年の剣の修行で鍛えた一瞬の反応である。

菊池の切っ先は、里美の顔面から一尺ほど離れたところを流れた。

次の瞬間、里美の体が躍った。

タアッ！

鋭い気合とともに刀身が横一文字をはしった。

ほぼ同時に、菊池が二の太刀をはなった。刀身を返しざま、逆袈裟に撥ね上げたのだ。

里美の切っ先が、菊池の左袖を横に裂き、菊池の切っ先は里美の籠手をかすめて空を切った。

次の瞬間、ふたりは背後に跳んで間合をとり、ふたたび八相と青眼に構え合った。

菊池が驚愕《きょうがく》に目を剝いた。里美が、これほどの遣い手と思わなかったのだろう。

「さァ、きなさい！」

里美が、菊池を見すえて鋭い声をはなった。

お花は里美の後ろに立ち、菊池に目をむけている。その顔付きが、里美とそっくりだった。


そのとき、ワアッ！　という叫び声が聞こえた。

坂井がよろめいている。坂井の小袖の肩口が裂けて血の色があった。馬沢の斬撃をあびたらしい。瀬川も、勝浦に追いつめられていた。築地塀に踵が迫り、それ以上下がれなくなっている。

坂井と瀬川の腕では、鬼斎流を遣う馬沢たちに太刀打ちできないようだ。

永倉は三橋と、島津は木島と切っ先をむけ合っていた。永倉たちふたりは、三橋たちに後れをとるようなことはなさそうだった。

一方、彦四郎は、まだ大河内と対峙していた。

すでに、彦四郎は大河内の遣う雷落しと一合していた。彦四郎の右の前腕に血の色がある。雷落しの斬撃が、彦四郎の右籠手をとらえたのである。ただ、彦四郎の傷は浅手だった。大河内が逆袈裟に撥ね上げたとき、咄嗟に、彦四郎が身を引いたために腕の皮肉を浅く裂かれただけで済んだのである。

「次は、その腕を落とす」

大河内は八相に構えると、切っ先を後ろにむけて刀身を水平に寝かせた。

彦四郎の目には、その刀身がまったく見えなくなった。

……このままでは、腕を落とされる！

そう思ったとき、彦四郎の胸に恐怖が衝《つ》き上げてきた。青眼に構えた切っ先が、かすかに震えた。恐怖が身を硬くし、腕が震えたのである。

イヤアッ！

突如、彦四郎は鋭い気合を発した。気合で己の恐怖を払拭《ふっしょく》し、闘気を鼓舞しようとしたのだ。

彦四郎の切っ先の震えがとまった。恐怖がいくぶん薄らいだのである。

大河内が、ジリジリと間合を狭めてきた。その巨軀が、さらに膨れ上がったように見え、彦四郎は強い威圧感を覚えた。

彦四郎は後じさった。大河内の寄り身が速くなった。さらに、彦四郎は下がったが、踵が築地塀に近付き、それ以上下がれなくなった。

大河内は一気に一足一刀の間境に迫り、

イヤアッ！

と、裂帛の気合を発した。

次の瞬間、大河内の右肩の先から稲妻のような閃光がはしった。

一瞬、彦四郎はそのひかりに目を奪われたが、左手に跳んでいた。体が勝手に反応したのである。

刹那、大河内の二の太刀が、逆袈裟にはしった。その切っ先が、彦四郎の右腕をかすめて空を切った。

彦四郎が左手に跳んだため、大河内の切っ先から逃れることができたのだ。この瞬間をとらえれば、彦四郎は大河内に斬撃をあびせることができたであろう。

だが、彦四郎は体勢をくずし、左手に大きくよろめいた。無理な体勢で左手に跳んだため、腰がくずれたのである。

大河内はすかさず彦四郎の前にまわり込み、間合をつめてきた。その巨体の動きは、獲物に迫る巨熊のようだった。

彦四郎は頭のどこかで、

……この場から逃げねば、里美も花も殺される！

と、思った。

大河内は彦四郎を討ちとれば、次は里美に切っ先をむけるだろう。腕がたつとはいえ、里美は大河内に太刀打ちできない。

そのときだった。馬の蹄《ひづめ》の音がひびき、男たちの甲高い声が聞こえた。馬に乗った旗本らしい武士がこちらに近付いてくる。供揃《ともぞろ》えは、若党、侍、中間の馬の口取り、槍持ちなど十数人だった。
七、八人の若党と家士が馬の前に立ち、騎馬の旗本を守るように身構えている。若党のなかには、刀の柄に手を添えている者もいた。
これを見た島津が、

「追剝《おいは》ぎでござる！　ご助勢くだされ」

と、叫んだ。

馬上の旗本は、三十がらみの浅黒い顔をした男だった。眉が濃く、剛毅《ごうき》そうな面構えをしていた。

旗本は戸惑うような顔をしたが、築地塀の前にいる里美とお花の姿を見ると、大河内たちが女子供まで斬ろうとしていることが分かったらしく、った。


「女と子供を、助けてやれ！」

と、供の者たちに声をかけた。

若党と家士が六人、刀を抜き放ち、里美とお花の方にむかってばらばらと走り寄った。

菊池が慌てた様子で後じさり、

「引け！」

と、声を上げた。

すぐに、鬼斎流一門の馬沢と勝浦も後じさり、反転して走りだした。

大河内も身を引いて、彦四郎との間合があくと、

「邪魔が入ったようだ。千坂、勝負は、あずけたぞ」

と、言い置き、反転して菊池たちの後を追った。

三橋と木島も、その場から逃げだした。木島の半顔が血に染まっている。島津の斬撃で、頬を斬られたようだ。ふたりは、慌てた様子で逃げていく。

彦四郎と島津は馬上の旗本のそばに走り寄り、片膝を付くと、

「お助けいただきかたじけのうございます。……われら、島中藩と縁のある者にご

ざいます。……お名前を、お聞かせいただけましょうか。あらためて、お礼にうかがう所存でございます」

彦四郎が丁寧な物言いで訊いた。

「礼にはおよばぬ。われらは、ここを通りかかっただけのこと、何もしておらぬ」

旗本はそう言い置くと、名も口にせず、従者たちに声をかけてその場から去っていった。

彦四郎と島津は、すぐに里美たちのそばにもどった。

里美とお花は、無傷だった。手傷を負ったのは、坂井と瀬川だった。坂井は肩口を斬られ、裂けた小袖が血に染まっていた。ただ、それほどの深手ではなかった。

皮肉を浅く裂かれただけで済んだようだ。一方、瀬川はかすり傷だった。右の前腕を浅く斬られただけである。

彦四郎たちは、坂井と瀬川の傷を手ぬぐいで縛って手当てをしてやった。

「ともかく、この場を離れよう」

彦四郎が声をかけ、足早に愛宕下へむかった。

愛宕下から東海道を経て、道場やそれぞれの住居《すまい》に帰るのである。

「あやうく、右腕を落とされるところでした」

彦四郎が、藤兵衛に言った。

6

千坂道場だった。午前の稽古を終えた後、彦四郎、藤兵衛、永倉、島津の四人が集まっていた。

彦四郎たちが、島中藩の下屋敷からの帰りに大河内たちに襲われて四日経っていた。彦四郎は、このままでは、また下屋敷に剣術指南に出かけた帰りに大河内たちに襲われるとみた。何とか大河内を斬らねば、島中藩の指南役はむろんのこと千坂道場をつづけていくこともできなくなる。それで、藤兵衛の手も借りて、雷落しを破る手を探ろうとしたのである。

「雷落しは、容易に破れぬぞ」

藤兵衛が、いつになく顔を厳しくして言った。

「ですが、このままでは、それがしはむろんのこと、里美と花も命を落とすことになります」

彦四郎は、大河内を討たないかぎり、里美やお花は守りきれないとみていた。

「……手はひとつだな」

藤兵衛が低い声で言った。

「手とは？」

「大河内の太刀捌きが迅いこともあるが、雷落しの恐ろしいところは、稲妻のような刃光に、一瞬目を奪われることだ」

「いかさま」

彦四郎がうなずいた。

永倉と島津も、息をつめて藤兵衛を見つめている。

「その刃光を見なければいい」

「見ない……」

闘いのおりに、目をつぶることはできない、と彦四郎は思った。

「大河内の帯に、目をつけるしかないな」

「帯に！」

「そうだ、帯だ。……帯を見つめて、敵の動きや斬撃の起こりをとらえるのだ」

「…………！」

彦四郎にも、藤兵衛の言わんとしていることは分かった。だが、真剣勝負の場で、敵の帯を見つめて闘うことができるだろうか。

「彦四郎、やってみるか」

藤兵衛が、永倉と島津にも、やってみろ、と声をかけて立ち上がった。

彦四郎と藤兵衛は竹刀を手にし、およそ三間半ほどの間合をとって対峙した。永倉と島津も同じほどの間合をとって向かい合っている。

木刀でなく竹刀にしたのは、真剣さながらに木刀を振ると相手をたたく恐れがあったからである。

「わしが、大河内になろう」

藤兵衛は八相に構えると、竹刀の先を背後にむけ、竹刀を水平に寝かせた。すると、藤兵衛の竹刀は、彦四郎から見えなくなった。さすがである。藤兵衛は、みごとに雷落しの構えを真似たのだ。

一方、永倉たちは、島津が大河内になって雷落しの構えをとっていた。

彦四郎は青眼に構えると、竹刀の先を藤兵衛の左拳につけた。そして、目を藤兵衛の帯に付けた。藤兵衛の体全体は意識できるが、己の竹刀の先も藤兵衛の顔も見えなくなる。

「いくぞ!」

藤兵衛が声をかけ、趾《あしゆび》を這うように動かして、ジリジリと間合を狭めてきた。

彦四郎は気を静め、帯を見ることで藤兵衛との間合を読もうとした。

……間合は読める!

藤兵衛の帯を見ることでも、間合がみてとれた。

しだいに、藤兵衛が一足一刀の間境に近付いてきた。藤兵衛の全身に気勢が漲り、斬撃の気配が高まってきた。

彦四郎は、藤兵衛の気の動きも感じとることができた。

ふいに、藤兵衛の寄り身がとまった。瞬間、藤兵衛の帯がかすかに動き、藤兵衛の体が大きくなったように感じた。

……くる!

察知した瞬間、彦四郎は一歩身を引いた。俊敏な動きである。

刹那、藤兵衛の竹刀が唸りを上げて袈裟にはしった。

次の瞬間、彦四郎は竹刀を振り下ろし、藤兵衛が逆袈裟に竹刀を撥ね上げた。

バシッ、という音がひびき、ふたりの竹刀が上下に跳ね返った。

彦四郎は、藤兵衛の逆袈裟に打ち込んでくる太刀筋を読み、その竹刀をはじくために振り下ろしたのである。

彦四郎と藤兵衛は、間合をとってから竹刀を下ろした。

「どうだ、帯を見ても、敵の動きが読めるだろう」

藤兵衛が言った。

「はい」

「だが、いまの打ち込みでは、大河内に右腕を落とされていたぞ。……大河内の二の太刀は、わしより迅いからな」

「いかさま」

彦四郎も、いまのような打ち込みでは、大河内の二の太刀を打ち落とすことはできないとみた。

「彦四郎、いま一手だ」

「はい！」

ふたりは、ふたたび青眼と雷落しの八相に構えて対峙した。

彦四郎は藤兵衛を相手に同じ打ち込みをつづけたが、大河内の二の太刀を打ち落とせたと感じることはできなかった。

彦四郎たちの雷落しを破るための工夫が、一刻（二時間）ほどもつづいたろうか。

道場の戸口に走り寄る足音がし、

「若師匠、いやすか！」

と、佐太郎の声が聞こえた。

藤兵衛は竹刀を下ろし、

「今日のところは、これまでにするか」

と言って、手の甲で額の汗を拭《ぬぐ》った。

佐太郎は道場に上がり、彦四郎たちと顔を合わせると、

「三橋たちが、道場に姿を見せやしたぜ」

と、目をひからせて言った。

「それで、三橋ひとりか」

　彦四郎が訊いた。

　彦四郎は大河内たちに襲われた翌日、佐太郎に弥八とふたりで三橋道場を見張るように頼んだのだ。大河内はともかく、行き場のない三橋はいずれ道場にもどってくるとみたのである。

「三人いやした。三橋と門弟らしい男がふたりでさァ」

　佐太郎は、ふたりの男の名は分からないという。

「弥八は？」

「親分は、いまも三橋道場を見張っていやす」

「すぐに、三橋を討とう」

　彦四郎が、永倉と島津に目をやって言った。

7

　彦四郎たちは、すぐに本郷にむかった。当初、彦四郎、永倉、島津、それに佐太

郎の四人だけで行くつもりだったが、

「わしも行く」

と藤兵衛が言い出し、五人で行くことになった。

中山道から三橋道場のある路地に入ってしばらく歩くと、道場の手前の樹陰から弥八が姿を見せた。

「どうだ、三橋たちは道場にいるか」

彦四郎が訊いた。

「母屋にいやす」

弥八によると、三橋たちは道場からすぐに母屋に入ったという。その後、母屋から出てこないそうだ。

「三人だそうだな」

藤兵衛が訊いた。

「へい、三橋と木島という門弟がいやす。もうひとりの名は、分からねえ」

弥八によると、半刻（一時間）ほど前、母屋の戸口に忍び寄り、家のなかから聞こえてきた男たちの会話から、木島という門弟がいることが知れたという。

「よし、門弟はともかく、三橋はここで討ちとろう」

藤兵衛が、立ち合いということにして、わしが斬ってもいいぞ、と低い声で言った。

「義父上《ちちうえ》に、おまかせします」

彦四郎は、藤兵衛なら為損《しそん》じることはないと思った。それに、藤兵衛も同じ一刀流の道場主を長年つづけてきたこともあって、三橋をこのままにしておけないという思いが強いようだ。

「いくぞ」

彦四郎たちは、道場の脇を通って母屋の戸口にむかった。

彦四郎と永倉は母屋の前まで来たことがあったので、家の周囲の様子は分かっていた。

「念のため、おれが裏手にまわろう」

そう言って、永倉が足音を忍ばせて、家の脇から裏手にまわった。

「入るぞ」

藤兵衛が戸口の板戸をあけた。

土間につづいて狭い板間があり、その先が座敷になっていた。座敷に三人の武士の姿があった。三橋と門弟らしい武士がふたりいる。三人で酒を飲んでいたようだ。膝先に貧乏徳利《びんぼうどくり》が置いてあった。

「千坂道場の者だ！」

門弟のひとりが、叫んだ。

彦四郎はその顔に見覚えがあった。門弟の増山樹之助である。三橋が若い門弟とふたりで道場から逃げたとき、道場にいた門弟のひとりだ。

「三人か！」

三橋が脇に置いてあった大刀をつかんだ。

もうひとりの武士も、刀を手にして立ち上がった。その男の顔にも見覚えがあった。溜池沿いの通りで彦四郎たちを襲った六人のなかのひとりである。この男が木島という名らしい。

「千坂藤兵衛だ。……三橋、こうなったら、観念するしかないな」

「お、おのれ！」

三橋が、怒りに声を震わせて叫んだ。顔の血の気が失《う》せ、目がつり上がっている。

「三橋、わしと勝負しろ」

藤兵衛が言った。

「勝負だと」

「最期《さいご》は道場主らしく、堂々と勝負したらどうだ」

「…………!」

三橋は答えず、周囲に目を走らせた。逃げ道を探したのかもしれない。

「裏手もかためてある。このまま、踏み込んで、斬り捨ててもかまわんぞ」

藤兵衛が語気を強めて言った。

「よかろう。千坂、勝負してやる!」

叫びざま、三橋は大刀を引っ提げ、戸口に出てきた。

藤兵衛は、三橋に体をむけたまま後じさり、敷居を跨《また》いで外に出た。

これを見た木島と増山は、横歩きに右手に動いた。奥につづく廊下がある。裏手から、逃げる気らしい。

「逃がさぬ!」

彦四郎が座敷に踏み込み、抜刀して木島たちに迫った。

島津が後につづいた。

彦四郎はすばやい動きで、廊下を奥にむかった木島の背後に身を寄せ、
タアッ！

と鋭い気合を発し、袈裟に斬りつけた。

ザクリ、と小袖が斜に裂け、木島が絶叫を上げて身をのけ反《ぞ》らせた。あらわになった背中に、血の線がはしった。次の瞬間、血が奔騰《ほんとう》した。

木島は呻き声を上げながらよろめき、座敷を仕切った障子に肩先を突っ込んだ。バリバリと音をたてて障子が桟ごと裂け、飛び散った血で障子紙が真っ赤に染まった。

木島は障子に身を寄せたまま、その場に膝を折り、廊下にうずくまった。

一方、増山は悲鳴を上げながら裏手へ逃げた。廊下の突き当たりが板間になっていて、その先は台所だった。

ふいに、増山の足がとまった。薄暗い板間に、巨軀の男が立っていた。永倉だった。巨熊のようである。

増山は、その場にへたり込んだ。逃げる気力も失せたらしい。

藤兵衛は戸口の前で、三橋と相対していた。まだ、両腕は下げたままである。

「三橋、なぜ、これほどまでに千坂道場に遺恨をもつのだ」

藤兵衛が訊いた。

「千坂道場が、おれの道場をつぶしたからだ」

「つぶしただと?」

「そうだ、千坂道場に門弟を奪われ、島中藩から指南役の話があると、今度は指南役の座まで奪われた。それも、千坂道場は女子供まで使って、若君の気を引いたというではないか」

三橋の顔が憎悪にゆがんだ。

「門弟が去ったのは、まともに稽古をしなかったからであろう。……指南役を断られたのは、おぬしに力がなかったからだ」

「なに!」

「三橋、おぬしも剣に生きる者なら、わしを斬って己の道を行くがいい」

「おのれ!」

三橋が抜刀した。

藤兵衛も抜き、青眼に構えて切っ先を千坂の目線にむけた。

三橋は八相だった。雷落しの八相とちがって、刀身を垂直に立てて大きく構えた。

三橋の刀身が、小刻みに震《はね》えていた。真剣勝負の気の昂りで、肩に力が入っているのだ。刀身が陽射しを反射て、銀色の光芒《こうぼう》のようににぶくひかっている。

ふたりの間合はおよそ三間――。

藤兵衛が趾《あしゆび》を這うように動かして、ジリジリと間合を狭めていく。全身に気魄が満ち、鋭い剣気をはなっている。

三橋の顔に恐怖の色が浮き、腰がわずかに浮いた。藤兵衛の切っ先が、そのまま目に迫ってくるような威圧を感じたのだろう。

藤兵衛が一足一刀の間境に迫るや否や、三橋の全身に斬撃の気がはしった。

イヤアッ！

甲走った気合を発し、三橋が斬り込んだ。

八相から袈裟へ――。

三橋は、藤兵衛に隙をみたのではない。藤兵衛の剣尖の威圧に耐えられなくなって仕掛けたのだ。

オオッ！

と声を上げ、藤兵衛が刀身を横に払った。

キーン、という甲高い金属音がひびき、三橋の刀身が横にはじかれた瞬間、藤兵衛が二の太刀をはなった。

払った刀身を返しざま真っ向へ――。神速の連続技である。

にぶい骨音がし、三橋の額から鼻筋にかけて血の線がはしった。次の瞬間、血が噴出し、三橋の顔を真っ赤に染めた。

三橋は、血まみれになってつっ立っていた。赤く染まった顔面に、カッと瞠《みひら》いた両眼が白く浮き上がったように見えた。まさに、鬼のような形相である。

三橋が一歩踏みだそうとしたとき、体が大きく揺れ、腰から沈むように転倒した。

三橋は地面に伏臥したまま動かなかった。かすかに四肢が痙攣しているだけである。

藤兵衛は三橋の脇に立つと、大きく息を吐き、

「まだ、大河内が残っている」

と、低い声でつぶやいた。

第六章　雷落し

1

幔幕のなかで、里美はお花と若君、長太郎の素振りを見ていた。ふたりは、ヤッ、ヤッ、と気合を発し、竹刀を振っている。

そこは、島中藩下屋敷の庭に造られた長太郎のための剣術の稽古場だった。縁側に面した書院には、人影がなかった。長太郎がこの場で稽古をするようになって、半月ほど過ぎていた。当初、藩主の直親と正室の萩江が小姓や重臣を連れて、稽古の様子を見にきていたが、ちかごろは姿をあらわさなくなった。長太郎が熱心に稽古に取り組んでいる様子を見て、安心したらしい。

いま、稽古場には里美たちの他にふたりしかいなかった。側役の松波と長太郎についている小姓がひとり、稽古場の隅に立って素振りの様子を見ている。

「そこまで！」

　里美がお花と長太郎に声をかけた。

　ふたりは竹刀を下ろし、里美のそばに身を寄せると、紅潮した顔で里美を見上げた。

「だいぶ、上手になりました。これから、打ち込み稽古をしましょうか」

　里美がふたりを見つめながら言った。

「はい！」

　長太郎が、先に声を上げた。目がかがやいている。

「まず、面打ちです」

　里美は竹刀を持ち、ふたりから二間ほど離れて立った。そして、竹刀を水平に差し出し、ふたりの頭ほどの高さにとった。

「花、面を打ってみなさい」

　里美がお花に声をかけた。

　すでに、お花は面だけでなく、胴や籠手へ打ち込む稽古もしていたので、やり方は分かっている。

お花はすぐに、里美の手にした竹刀の前に立つと、青眼に構えた。そして、踏み込みながら、メーン、という声を発して竹刀をたたいた。

「次は長太郎さまの番です。大きく踏み込んで面を打って」

里美が、竹刀を手にしたまま言った。

「はい」

長太郎は意気込んで、里美の手にした竹刀の前に立った。

メーン！

大きな声を上げ、長太郎が踏み込んで竹刀をたたいた。

体勢がくずれ、手打ちになったが、里美の竹刀をしっかりとらえている。

「うまく打てました！」

里美が声をかけると、長太郎は嬉しそうに顔をほころばせた。初めての面打ちだったが、自分でもうまく打てたと思ったのだろう。

「さァ、もう一度」

里美はふたたび、竹刀を水平にとった。

しばらく面打ちをつづけ、長太郎の息が乱れてくると、

「今日の稽古は、これまでにしましょう」

と里美が、声をかけた。

里美は、長太郎に無理をさせなかった。これまでも、長太郎が疲れて集中力を失う前に稽古をやめている。

長太郎とお花は、竹刀を手にしたまま里美のそばに身を寄せた。

「次のときは、胴と籠手を打つ稽古をしますよ」

これで、今日の稽古は終わりである。

「はい！」

長太郎が、大きな返事をした。顔が紅潮し、うっすらと汗が浮いている。

里美は、松波と小姓に長太郎を引き渡し、お花を連れて彦四郎たちのいる稽古場にむかった。

庭のなかほどのひろい稽古場では、地稽古《じげいこ》がおこなわれていた。千坂道場では、面、籠手の防具を着け、試合さながらに打ち合う稽古を地稽古と呼んでいた。島中藩の稽古でも、地稽古と呼んでいる。

稽古場に、男たちの気合、竹刀を打ち合う音、体当たりの音などがひびいていた。

彦四郎や永倉たちが、藩士たちを相手に竹刀で打ち合っている。

里美とお花が、その場に来て、小半刻（三十分）ほど過ぎたとき、

「やめ！」

と、永倉が声を上げた。

その声で、男たちは竹刀を引いて相対し、一礼すると稽古場の両側に敷かれていた茣蓙に座して防具をとった。

稽古を終えた彦四郎、永倉、島津、それに里美とお花の五人は、稽古場に姿を見せた松波とともに下屋敷にもどった。そして、昼食を馳走になり、一休みしてから屋敷を出た。

表門のところで、瀬川と坂井が待っていた。ふたりとも、羽織袴姿だった。稽古の後、着替えてきたのだ。坂井も、肩の傷が癒えて稽古ができるようになっていた。

彦四郎は赤坂の溜池の方にむかいながら、

「鬼斎流の者たちは、稽古場にいなかったようだが」

と、瀬川に訊いた。

「はい、鬼斎流の者は稽古にくわわらないようです」

「菊池たちは、藩邸にいないのか」

「菊池は、藩邸に姿を見せません」

他の藩士はこれまでと変わらず、藩邸内にいるという。

瀬川は、菊池を呼び捨てにした。同じ島中藩士だが、敵としてみるようになったせいだろう。

「その者たちに、変わった動きはないか」

「町宿にいる者は分かりませんが、藩邸内にいる者は変わらないようです」

「そうか」

彦四郎は、大河内と菊池たちの動きが気になっていたのだ。

溜池沿いの道で襲われた後、三橋をはじめとした三橋道場の門弟は始末がついていたが、大河内や菊池は、その行方《ゆくえ》さえつかめていなかった。

彦四郎たちは、下屋敷前の通りから桐畑のつづく路地に入った。路地沿いの人家が途絶えたせいか、辺りが寂しくなり、人影もすくなくなった。

彦四郎たちが、路地のひろくなっている場にさしかかったときだった。桐の葉が揺れて、ガサガサと音を立てた。

2

「だれかいるぞ！」

永倉が声を上げた。

桐の樹陰に人影があった。三人いる。いずれも、武士だった。三人は、桐の枝葉を掻き分けながらこちらにむかってくる。

「菊池だ！」

瀬川が声を上げた。

「馬沢と勝浦がいる！」

坂井が叫んだ。

馬沢市之助と勝浦三五郎は島中藩士で、溜池沿いの道で大河内たちといっしょに彦四郎たちを襲った鬼斎流一門だった。

そのとき、路地の反対側の桐畑でガサガサと大きな音がし、桐の枝葉を押し分けて出てくる人影が見えた。

る。

大河内たちの他に、ふたりいた。ふたりとも、武士だった。見覚えのない顔である。

彦四郎が叫んだ。

「大河内だ！」

大河内たちは桐畑から飛び出すと、彦四郎たちの行く手をはばむように立ち塞がった。菊池、馬沢、勝浦の三人は、すばやく背後にまわり込んだ。

……挟み撃ちだ！

彦四郎は、周囲に目を配った。逃げ道はない。それに、人影もなく、助けを呼ぶこともできなかった。

「里美、花を守れ！　永倉、瀬川、坂井、後ろの三人を頼む」

「おお！」

永倉はきびすを返すと、菊池たちに体をむけた。

彦四郎と島津は、前方からくる大河内たちと相対した。里美は彦四郎たちの背後にまわり、お花を守るように立った。

大河内は彦四郎の前に立つと、脇にいる痩身の武士に、

「谷川《たにがわ》、女と子供を斬れ！」

と、指示した。

谷川と呼ばれた武士は無言でうなずくと、里美の脇にまわり込んだ。

里美はすぐに谷川に体をむけ、お花を後ろに立たせた。お花に怯えの色はなかった。目をつり上げて、谷川を睨むように見すえている。

「千坂、三橋どのを斬ったのは、おぬしらだな」

大河内が、低い声で訊いた。

「いかにも、三橋は勝負して破れたのだ」

彦四郎は、藤兵衛が斬ったことは口にしなかった。

「ならば、ここでおれと勝負しろ。おれが、おぬしを斬ってやる」

言いざま、大河内は抜刀した。

「やるしかないようだ」

彦四郎も抜いた。

ふたりの間合はおよそ三間――。

彦四郎は青眼に構え、大河内は八相から切っ先を背後にむけて刀身を寝かせ、雷落しの構えをとった。
彦四郎は切っ先を大河内の左の拳につけ、
……刃光を見ないことだ。
と、胸の内でつぶやき、大河内の帯に目をつけた。藤兵衛と工夫した雷落しを破るための目付けである。

このとき、里美は谷川と対峙していた。間合は二間半ほどだった。里美は青眼に構え、谷川は八相にとっていた。刀身を高くとった八相で、雷落しのそれとはちがう。

「女だとて、容赦しないぞ」

谷川が語気を強くして言った。

里美は無言で、切っ先を谷川の目線につけた。顔がひきしまり、双眸には射るような鋭いひかりが宿っている。

「女、できるな」

谷川の顔に驚いたような表情が浮いた。

里美の構えには隙がなく、剣尖にはそのまま目に迫ってくるような威圧感があったのである。

オオリヤッ！

谷川が威嚇するように甲高い気合を発し、ジリジリと間合をつめてきた。

里美もすこしずつ前に出た。谷川との斬り合いのなかで、切っ先がお花にとどかないように間をとったのである。

里美と谷川は、一足一刀の斬撃の間境に迫ってきた。谷川の全身に気勢がこもり、斬撃の気配が高まってきた。

ふいに、谷川が寄り身をとめた。斬撃の間境の一歩手前である。

谷川はいまにも斬り込んでくる気配を見せ、ビクッ、ビクッ、と柄を握った両拳を動かした。斬り込んでいくとみせ、里美が動いた隙をとらえようとしているのだ。

だが、里美は動かなかった。切っ先を谷川の目線につけたまま、すこしずつ間合をつめていく。

里美が、斬撃の間境に踏み込むや否や仕掛けた。

つー、と切っ先を前に突き出し、斬撃の起こりを見せた。次の瞬間、谷川の全身に斬撃の気がはしった。

タアリヤッ！

甲走った気合を発し、谷川が斬り込んできた。

八相から袈裟へ――。

だが、里美はこの斬撃を読んでいた。

スッ、と左手に踏み込んで谷川の斬撃をかわし、刀身を袈裟に払った。一瞬の太刀捌きである。

ビュッ、と谷川の首筋から血が飛んだ。里美の切っ先が、谷川の首の血管《ちくだ》を斬ったのである。

谷川は血飛沫《ちしぶき》を上げながらよろめき、爪先を地面から出ていた石にひっかけ、前に飛び込むような恰好で転倒した。

谷川は俯《うつぶ》せになると、両手を地面につき、頭をもたげようとした。だが、かすかに顔が上がっただけで、すぐに落ちてしまった。首筋から流れ出た血が、乾いた地面に赤くひろがっていく。

「母上！」

お花が、里美のそばに飛んできた。顔が蒼ざめ、体が顫えている。里美と谷川の凄絶《せいぜつ》な闘いを見て、怖くなったらしい。

里美の色白の顔が返り血に染まり、目は異様なひかりを帯びていた。真剣勝負の高揚とひとを斬った後の血の滾《たぎ》りが、体中を駆けめぐっているのだ。

「……痛い？」

お花が、里美の顔の血を見て訊いた。

里美はお花の肩に手をやると、片手で抱き締めるように引き寄せ、

「痛くないの。……花、もう大丈夫ですよ」

と、やさしい声で言った。

里美の顔から厳しさが消え、目の異様なひかりも薄らいできた。剣客の顔から母親のそれにもどったのである。

永倉は菊池に切っ先をむけていた。すでに、ふたりは一合していた。菊池の左袖が大きく裂け、あらわになった左腕は血に染まっている。

菊池は目をつり上げ、必死の形相で青眼に構えていた。その切っ先が、小刻みに

震えている。左腕を斬られたことで気が昂り、平静さを失っているらしい。

「菊池、かかってこい！」

永倉が吼《ほ》えるような声を上げた。

永倉は近くで闘っている瀬川と坂井が、敵に押されているのを目にしていた。早く菊池を仕留めて、ふたりの助太刀に行かねばならない。

「お、おのれ！」

菊池は青眼に構えたまま後じさった。永倉には、太刀打ちできないと察知したらしい。

「こないなら、いくぞ」

永倉は、すばやい足捌きで菊池との間合をつめ始めた。永倉は巨軀だが、動きは敏捷《びんしょう》である。

菊池は逃げたが、踵が桐の木の根元に迫った。それ以上下がれない。そのとき、ふいに菊池が反転し、桐の枝葉《の》のなかに飛び込むような勢いで踏み入った。バサバサと、桐の枝葉を払い退けながら、菊池は桐畑のなかを突き進んだ。

「逃げおったか！」

永倉は菊池の後を追わなかった。

反転すると、瀬川と坂井のそばに駆け寄った。ふたりを助けようと思ったのである。

3

大河内が、足裏で地面を摺るようにしてジリジリと間合を狭めてきた。

彦四郎は気を静めて、大河内の帯に目をつけていた。彦四郎の目に、大河内の刀はむろんのこと己の切っ先も大河内の顔も見えなかった。ただ、大河内の巨軀や構えは、心眼に映じていた。間合も読める。

しだいに、大河内と彦四郎の間合がつまってきた。帯だけを見つめているせいか、彦四郎は大河内の体に漲っているであろう気勢も身構えの威圧も感じなかった。それでいて、間合も大河内の気の動きも読めた。

大河内が一足一刀の間境に迫ってきた。

……あと、一歩！

と、彦四郎は読んだ。

そのとき、グイと大河内の体が前に出、その巨軀が大きくなったように感じられた。一歩踏み込んだのである。

……くる！

と察知した彦四郎は、一歩身を引いた。一瞬の反応である。

刹那、大河内の刀身が刃唸りをたてて袈裟にはしった。

稲妻のような刃光は見えなかった。刀身のにぶいひかりが、かすかに彦四郎の目に映じただけである。

次の瞬間、大河内は刀身を返しざま、逆袈裟に斬り上げた。雷落しの神速の二の太刀である。

間髪をいれず、彦四郎はさらに一歩引きざま、刀身を斬り下げた。

キーン、という甲高い金属音がひびき、青火が散って、ふたりの刀身が上下にはじき合った。

ふたりは、すぐに後ろに跳んだ。お互いが、敵の次の太刀から逃れようとしたのである。

間合があくと、彦四郎はふたたび青眼に構え、大河内は雷落しの八相にとった。

「雷落し、破ったぞ」

彦四郎が低い声で言った。

「そうかな」

大河内の口許に薄笑いが浮いたが、すぐに消えた。顔が紅潮して赭黒く染まり、双眸が猛虎を思わせるように炯々とひかっている。

大河内は八相でなく、両手を上げて上段にとった。しかも、八相のときと同じように切っ先を背後にむけて刀身を寝かせたのである。

彦四郎の目から、大河内の刀身が消えた。

……これも、雷落しの構えか！

彦四郎の背筋に冷たいものがはしった。得体の知れない恐怖を感じたのである。

だが、彦四郎の恐怖はすぐに消えた。稲妻のような刃光に目を奪われなければ、八相でも上段でも同じだと気付いたのである。

「いくぞ！」

大河内が間合を狭め始めた。

彦四郎は、大河内の帯に目線をつけた。大河内の刀身はむろんのこと、上段に構えた両腕も見えなくなった。だが、彦四郎の心眼に、はっきりと大河内の上段の構えが映っている。

大河内は足裏で地面を擂るようにして、ジリジリと迫ってきた。

彦四郎は帯を見つめながら、大河内との間合を読んでいる。

一足一刀の斬撃の間境まで半間ほどに迫ったとき、ふいに大河内が寄り身をとめた。そして、全身に気勢を込め、斬撃の気配を見せた。

……この遠間から仕掛けてくるのか！

と、彦四郎が思ったときだった。

つつッ、と大河内が、すばやい擂り足で間合を狭めた。

……くる！

彦四郎が察知した瞬間、大河内の巨軀に斬撃の気がはしった。

咄嗟に彦四郎が身を引き、大河内が上段から真っ向へ斬り落とした。

切っ先が、彦四郎の鼻先をかすめて空を切った。稲妻のような刃光はまったく見えなかった。太刀風が顔面をかすめただけである。

次の瞬間、彦四郎は後ろに跳んだ。どうくるか分からない大河内の二の太刀をかわすためである。

刹那、閃光が横一文字にはしった。大河内は真っ向へ斬り下ろした刀身を返し、わずかに振り上げて横に払ったのである。

ザクッ、と彦四郎の右袖が裂けた。大河内の横に払った切っ先が、とらえたのである。だが、肌まではとどかなかった。

彦四郎は、大河内が刀を横に払った一瞬の隙をとらえた。

タアッ！

鋭い気合を発し、袈裟に斬り込んだ。神速の一撃である。

大河内の左袖が裂け、あらわになった二の腕に血の線がはしった。次の瞬間、大河内は大きく後ろに跳んだ。

大河内の二の腕から、血が迸り出た。深手である。

「勝負あったな」

彦四郎が言った。

「まだだ！」

大河内は、ふたたび刀を振り上げて上段に構えた。そして、切っ先を後ろにむけて寝かせたが、刀身が震えた。気の昂りと左腕の傷のため、体が顫えているのだ。大河内の左の二の腕からの出血が裂けた袖に染み、頰に滴り落ちていた。大河内の半顔が血に染まっていく。

「お、おのれ！」

大河内の顔がゆがんだ。血に染まった顔は、鬼のような形相だった。

「いくぞ！」

彦四郎が間合をつめ始めた。

彦四郎は青眼に構え、切っ先を大河内の目線にむけていた。目付けは帯ではなく、大河内の全身にむけられている。大河内の乱れた構えを見て、帯に目を付ける必要はないと思ったのである。

大河内は動かなかった。上段に振りかぶったまま仁王のようにつっ立っている。

彦四郎は大河内との斬撃の間境に近付くと、斬撃の気配を見せ、つッ、と切っ先を突き出した。打ち込むとみせた誘いである。この誘いに、大河内が反応した。

イヤアッ！

甲高い気合を発して斬り込んできた。

上段から真っ向へ――。たたきつけるような斬撃である。

だが、この太刀筋を読んでいた彦四郎は、右手に体《たい》をひらきざま、刀身を袈裟に斬り下ろした。

大河内の切っ先は彦四郎の肩先をかすめて空を切り、彦四郎のそれは大河内の首筋をとらえた。

大河内の首がかしいだ次の瞬間、大河内の首から血が驟雨《しゅうう》のように飛び散った。

大河内は血を撒きながらよろめいた。そして、足がとまると、巨木の幹のようにドウと倒れた。

地面に仰臥《ぎょうが》した大河内は、血塗《ちまみ》れた顔を天にむけていた。大きな目をカッと瞠《みひら》き、上空を睨んでいる。

彦四郎は大河内の脇に立ち、ひとつ大きく息を吐くと、

……雷落しを破った！

とつぶやき、刀に血振《ちぶ》り（刀身を振って血を切る）をくれて納刀した。

彦四郎は藤兵衛と雷落しを破る工夫をしなかったら、いま地面に横たわっている

のは己だろうと思った。

そこへ、里美とお花が駆け寄ってきた。

「父上！」

お花が声を上げた。お花の声には、昂ったひびきがあった。真剣勝負を目の当たりにした興奮が、まだ覚めていないようだ。

彦四郎は、お花の手を握ったまま立っている里美に目をやった。返り血を浴びたらしいが、傷を負った様子はなかった。

「里美も花も、無事でよかった」

そう言って、彦四郎は表情をやわらげた。

闘いは終わった。大河内、谷川、勝浦の三人が、路地に横たわっていた。すでに、三人とも落命していた。逃げたのは、菊池と馬沢、それに池田宗一郎という藩士だった。池田も鬼斎流一門である。

味方では、瀬川と島津がかすり傷を負っただけだった。

彦四郎たちは、大河内たち三人の死体を桐畑のなかに引き摺り込んだ。路地に置いたままでは、通行人の邪魔になる。

「われらふたりは、いったん藩邸にもどります」

瀬川がそう言い、坂井とふたりで下屋敷に引き返した。藩邸にいる松波に事の次第を話し、大河内たち三人の死体をかたづけるという。

「われらは、道場にもどろう」

彦四郎が、里美とお花に目をやって言った。

4

戛《かつ》、戛、と榎の幹を打つ乾いた音がひびいていた。

お花が、気合を発しながら木刀で榎の幹をたたいている。稽古着姿ではなかった。裾の短い単衣《ひとえ》に、草履《ぞうり》履きである。

母屋の縁側には、彦四郎、藤兵衛、里美の三人の姿があった。昼食の後、彦四郎たちは縁側に面した座敷で茶を飲みながらくつろいでいた。

お花は座敷で凝としていることに飽きると、木刀を手にして庭に出、榎を相手に木刀を振り始めたのだ。

「お花は、里美の子供のころとそっくりだな」

藤兵衛が目を細めて言った。

「花は、遊びですよ」

里美は急須で藤兵衛の湯飲みに茶をつぎながら言った。

「いや、いや、そのうち、お花は里美と同じように、千坂道場の女剣士と呼ばれるようになるぞ」

里美は、彦四郎といっしょになる前まで、近隣の者たちに千坂道場の女剣士と呼ばれていたのだ。

「花は年頃になれば、娘らしくなりますよ」

里美が頬を赤らめて言った。

「そうかな」

藤兵衛は顔をなごませたまま、彦四郎に目をやり、

「島中藩の指南は、うまくいっているのか」

と、声をあらためて訊いた。

「はい、藩士たちも熱心で、こちらもいい稽古になります」

彦四郎が言った。

「若君は、どうかな」

藤兵衛が里美に訊いた。

「喜んで稽古してますよ。それに筋がいいようで、飲み込みが早いのです。体がしっかりしてくれれば、家臣の方たちといっしょに稽古ができるはずです」

「お花は、どうだ」

そう言って、藤兵衛は庭のお花に目をやった。

「若君のいい稽古相手でしてね。花も、はりきっています」

里美が口許に笑みを浮かべて言った。

「それで、鬼斎流の者たちは」

藤兵衛が笑みを消して訊いた。

「大河内を斃した後、姿を消していますが……」

桐畑のなかの路地で、彦四郎が大河内たちを討ってから一月ほど過ぎていた。その場から逃走した菊池たちは、いまも行方をくらましたままである。

「これで、済めばいいが……」

藤兵衛は語尾を濁した。姿を消した菊池たちが、気掛かりなのであろう。

「菊池たちは、藩邸にも姿を見せないそうですから、江戸を離れたのかもしれませんよ」

彦四郎には、逃げた菊池、馬沢、池田の三人だけなら恐れることはないとの思いがあった。

そのとき、榎を打つ木刀の音がやみ、「熊さんだ！」と、お花が声を上げた。見ると、永倉の姿があった。道場の脇から母屋の方に足を運んでくる。

「どうしたな」

藤兵衛が永倉に訊いた。

「道場に、松波どのがまいられているのだが、こちらにお呼びしましょうか」

永倉が縁先に立って言った。

そこへ、お花が走り寄り、「熊さん、剣術の稽古しよッ」と袖を引いて言った。

永倉は、「いつでも、お相手つかまつるが、いまはだめだな」と言って、笑みを浮かべた。

「松波どのひとりか」

彦四郎が訊いた。

「いや、瀬川と坂井もいっしょだ」

「ならば、道場で話そう」

彦四郎が立ち上がった。

すると、藤兵衛が、

「お花、わしが相手してやろうか」

と言って、縁先の草履をつっかけて庭に下りた。

「爺さまとやる」

お花は、すぐに藤兵衛のそばに走り寄った。

彦四郎は、藤兵衛たちを残して永倉といっしょに道場にむかった。

道場の床に、松波、瀬川、坂井の三人が座していた。三人は、彦四郎と永倉が入っていくと、座りなおして師範座所の方に体をむけた。

彦四郎と永倉が三人と対座すると、松波が時宜《じぎ》を述べた後、

「これまでの礼と、千坂どのの耳に入れておきたいことがあってまいったのだ」

と、切り出した。

松波によると、長太郎君が剣術の稽古に取り組むようになってから、屋敷内の暮らしでも潑剌《はつらつ》とした言動が見られるようになり、藩主の直親も大変喜んでいるという。

「それでな、これからも指南をつづけてもらいたいとの殿のお言葉があったので、まずそれをお伝えしたいのだ」

松波が顔をほころばせて言った。

「里美にも伝えておきます」

彦四郎は、長太郎の指南を里美にまかせていたのである。

「……菊池たちのことだがな」

松波が笑みを消して言った。

「三日前、目付筋の者が品川の旅籠《はたご》に身を隠していた馬沢を捕えたが、まだ菊池と池田の居所はつかめていないのだ」

松波によると、目付筋の者が、捕えた馬沢を吟味し、菊池と池田の居所を訊いたが馬沢は知らなかったという。藩邸を出た菊池、池田、馬沢の三人は、別々に身を隠していたそうである。

「菊池と池田は、まだ江戸にいるのですか」

彦四郎は、江戸から逃走した可能性もあるとみた。

「江戸には、いるようだ。……菊池が馬沢に、江戸にとどまるよう話したそうだからな」

「そうですか」

「だが、ふたりだけでは何もできまい」

松波が言った。

すると、黙って松波と彦四郎のやり取りを聞いていた永倉が、

「家中には、まだ鬼斎流一門の者もいるのではないですか」

と、訊いた。

「一門の者はいますが、わずかです」

瀬川が答えた。

人数は多いが、すでに一門を離れた者がほとんどで、菊池たちに味方する者はわずかではないかという。

「いずれにしろ、目付筋の者たちが菊池と池田を追っているので、そのうち行方は

知れよう」

松波が、つぶやくような声で言った。

次に口をひらく者がなく、道場が静寂につつまれたとき、

「側用人の田代さまから、何か話がございましたか」

彦四郎が訊いた。

田代は若いころ鬼斎流を修行したことがあり、若君の指南役に三橋道場を推していたと聞いていた。大河内や菊池とつながりがあったのではあるまいか。

「田代さまは、菊池たちのことでは何も口にされていない。指南役に三橋道場を推したことはともかく、菊池たちに味方している様子はないが……」

松波はそう言ったが、顔に憂慮の翳《かげ》が浮いた。胸の内には一抹の懸念があるのかもしれない。

彦四郎は黙ってうなずいた。これは島中藩の問題で、自分がこれ以上口を挟むべきではないと思った。菊池にしろ田代にしろ、千坂道場の者たちに刃をむけるようなことがなければいいのである。

そのとき、道場の戸口で何人かの門弟の声と足音が聞こえた。川田や若林たち、

若い門弟らしい。

「稽古に来たようだ」

永倉が言った。

「今日は、それがしも稽古をやります」

瀬川が声を上げると、

「それがしも、そのつもりで来ました」

坂井が声を大きくして言った。

「これ以上、お邪魔しているわけには、いきませんな」

松波が苦笑いを浮かべて腰を上げた。

「松波どの、どうです、稽古を見ていきませんか」

彦四郎が松波を見上げて訊いた。

「そうだ、松波どの、一汗かいたら。防具や竹刀は、お貸ししますよ」

永倉が声を大きくして言った。

「な、永倉どの、何を言い出すのだ。この老体で剣術の稽古などしたら、足腰立たなくなるぞ」

松波が、「これで、失礼いたす」と言い置き、慌てた様子で戸口にむかった。

その松波と入れ替わるように、川田や若林、まだ入門して間もない葉山や小野田などが入ってきた。

「さて、おれも一汗かくか」

彦四郎が、勢いよく立ち上がった。

この作品は書き下ろしです。

剣客《けんかく》春秋《しゅんじゅう》親《おや》子《こ》草《ぐさ》

母子《おやこ》剣法《けんぽう》

鳥羽《とば》亮《りょう》

平成26年10月10日　初版発行

発行人――石原正康
編集人――永島賞二
発行所――株式会社幻冬舎
〒151-0051東京都渋谷区千駄ヶ谷4-9-7
電話　03(5411)6222(営業)
　　　03(5411)6211(編集)
振替00120-8-767643

印刷・製本―株式会社 光邦
装丁者――高橋雅之

幻冬舎時代小説文庫

ISBN978-4-344-42271-1　C0193　と-2-30

幻冬舎ホームページアドレス　http://www.gentosha.co.jp/
この本に関するご意見・ご感想をメールでお寄せいただく場合は、
comment@gentosha.co.jpまで。